ライトノベル50年、読んでおきたい100冊《ひゃくさつ》

Light Novel All-Time Best

太田祥暉
Saki Ota

ill／ kappe

玄光社
GENKOSHA

まえがき

みなさんはライトノベルという単語をご存知でしょうか？　ライトノベルってなに？　という方でも、書店の片隅でアニメやマンガ調のイラストを表紙にした小説を見たことがあるかもしれません。もしくは、『ソードアート・オンライン』とか『Re：ゼロから始める異世界生活』といったタイトルに聞き馴染みのある方もいるのではないでしょうか。

ライトノベルとは、戦前から存在した少年小説・少女小説や戦後まもなくのジュブナイル小説といった作品群の流れを汲み、アニメやマンガなどのコンテンツと密接な関係を保ちつつ、発展を遂げてきた小説群のことです。ジャンルというよりも、表現媒体といった方が正しいかもしれません。一口にライトノベルといってもジャンルは様々。ファンタジーもあればSFもあり、青春ラブコメ、人間ドラマ、ギャグまで多種多様な物語が生まれています。先に挙げたタイトルのように、ヒット作も多数刊行。アニメ化もされ、世界的に人気を博しています。

とはいえ、エンターテイメントという事物は、産み続けられると同時に消費され続けるものです。批評の対象として取り上げられることは瞬間的には起こるものの、歴史を体系化して振り返られる機会はあまりありません。ましてライトノベルはアニメやマンガ、ゲームなどといった他ジャンルと比較すると、研究対象となることも少なく感じます。

筆者はかつて大学で図書館学を専攻していましたが、本に親しいはずの教員ですらライトノベルに対する認識は「若者向けのえっちな内容もある小説」「イラストが破廉恥」といった偏見に満ちたものでした。確かにそういった作品群もあるけれど、もっと広く面白いものがあるのに……。そう感じるものの、ライトノベルを俯瞰できる本がないのだから仕方がない！　と当時は諦めておりました。

しかし、そこから共著で『ライトノベルの新潮流』を刊行したり、同人誌として『#ライトノベルオールタイムベスト』を刊行したりする中で、ブックガイドという形でライトノベルを俯瞰できる本を刊行したらどうかという思いが芽生えてきました。これまでライトノベルを読んだことがない人、これからもっといろんな作品を読んでいきたいという人にもオススメできるのではないかと。もっと気軽にライトノベルに触れてほしい。こんな世界もあるんだよ、ということを分かってほしい！

（まえがきから予防線を張るのはどうなんだという意見はさておき）本書に掲載されているあらすじは、基本的に序盤の展開のみ取り上げています。それは興味を持った作品をぜひ手に取っていただきたいからです。ネタバレを喰らうと途端に面白くなくなる……。そんな方もいるかもしれませんからね。なので、もしかしたらライトノベルのヘビーな読者は物足りないと思う方もいるかもしれません。そういう方はぜひ、「この作品はこうだったね、うんうん」とか「この作品は書いてないここが一番いいんだろう！」とか頷いたり想いを抱いたりしてほしいです！

そんな思いのもと書き下ろした『ライトノベル50年・読んでおきたい100冊』、ぜひお楽しみいただけると嬉しいです。

太田祥暉

もくじ

おことわり

※本書掲載のデータは、2025年2月現在のものです。
出版社については、第1巻発売当初の名称としています。
※角川mini文庫については書誌データに含めておりません。
あらかじめご了承ください。

第1章

ライトノベル草創期

第1章

ライトノベル草創期

まだライトノベルという名前がなかった時代。ジュブナイル小説をさらにアニメやマンガ的なイラストと紐付く形でプッシュするレーベルとして、1975年にソノラマ文庫が創刊する。第一弾は石津嵐によるアニメ『宇宙戦艦ヤマト』のノベライズ。そこからさまざまな少年向け作品が生まれていく。一方で、1976年には少女小説の流れを汲む女性向けライトノベルレーベル・集英社文庫コバルトシリーズ（後のコバルト文庫）が創刊。この二つのレーベルの活躍により、ライトノベルの歴史が幕を開けるのだった。

そんなライトノベルがジュブナイル小説や少女小説から分岐したのは、そこから十三年後。角川文庫から独立する形で角川スニーカー文庫が創刊したこと、そして富士見ファンタジア文庫が生まれたことだろう。両レーベルは「ザ・スニーカー」「ドラゴンマガジン」といった小説誌を創刊し、そこで短編を掲載しつつ文庫では書き下ろし長編を出していくというシステムを構築。さらに角川書店（現・KADOKAWA）のメディアミックス戦略を用い、劇場アニメやテレビシリーズなどを製作。ライトノベルファン以外へ波及していくようなモデルを創造した。

そして忘れてはならないのが、角川書店のお家騒動によって角川歴彦がメディアワークスを設立し、電撃文庫を創刊させたこと。角川スニーカー文庫の一部作品が移籍しつつ、電撃文庫は新人賞にて発掘した新人作家によりすぐさま独自色を放っていく。

ソノラマ文庫に始まって、ノベルスの作品や単行本として刊行されたライトノベルの新人賞作品まで……。まだライトノベルのフォーマットが決まっていなかったからこそ、草創期は様々な取り組みが行われていたように感じてならない。

なお、ここまで普通に使っていたライトノベルという呼び名は、まだこの時代には定着していない。パソコン通信上にて1990年にはその名前が生まれていたが、まだ読者からはファンタジー小説とかヤングアダルト小説と呼ばれていたのも事実。定着していくのは、第2章で取り上げる90年代後半からゼロ年代初頭にかけてのことである。

〈この時期創刊の主要レーベル〉

ソノラマ文庫
1975年に朝日ソノラマが創刊。『クラッシャージョウ』や『妖精作戦』、『吸血鬼ハンターD』、『キマイラ・吼』などを刊行した。1985年から1994年にかけて小説誌「獅子王」を発行。2007年に朝日ソノラマの廃業と同時に幕を閉じた。

コバルト文庫
1976年に集英社が創刊（集英社文庫コバルトシリーズとして／1990年にコバルト文庫へ名称変更）。少女たちの淡い恋愛模様を描いた作品からSF、ミステリまで多種多様な作品を刊行。1982年から2016年にかけて小説誌「Cobalt」を発行した。2019年より紙書籍の新刊は刊行されていない。実質的な後継レーベルに、集英社オレンジ文庫がある。

角川スニーカー文庫
1987年に角川書店（現・KADOKAWA）が創刊（角川文庫青帯として）。1989年に独立創刊を果たす。代表作に『ロードス島戦記』や『涼宮ハルヒの憂鬱』など。1993年から2011年にかけて小説誌「ザ・スニーカー」を発行した。

富士見ファンタジア文庫
1988年に富士見書房（現・KADOKAWA）が創刊。代表作に『スレイヤーズ』『フルメタル・パニック！』など。1988年から2025年にかけて小説誌「ドラゴンマガジン」を発行した。

電撃文庫
1993年にメディアワークス（現・KADOKAWA）が創刊。代表作に〈ブギーポップ〉シリーズ、『とある魔術の禁書目録』など。1998年から2007年にかけて小説誌「電撃hp」、2007年から2020年にかけて小説誌「電撃文庫MAGAZINE」を発行した。

001

SF

クラッシャージョウ

著：高千穂《たかちほ》 遙《はるか》
イラスト：安彦良和《やすひこよしかず》

1977年11月～朝日ソノラマ〈ソノラマ文庫〉（第10巻まで）
→早川書房〈ハヤカワ文庫JA〉
既刊13巻＋別巻3巻

STORY

２１６１年。恒星間飛行を可能とした人類は、銀河系全域に進出。数多くの星に植民して、八千にも及ぶ独立国家の連合体・銀河連合を形成していた。その開発の尖兵となったのは、クラッシャーと呼ばれる集団だ。いかなる危険も恐れず、宇宙の何でも屋として問題を解決していくクラッシャー。その中でもトップクラスの腕利きであるジョウはある日、連隊惑星ピザンから小型ロケットで脱出してきた王女・アルフィンを救い出す。

彼女によると、技術将校のガラモスが立体テレビを悪用して国民を洗脳。ピザンを掌握してしまったのだという。アルフィンは故郷を救いたいとジョウに依頼。そこでジョウは、自身が率いるクラッシャーチームの面々、タロス、リッキー、ガンビーノとともに、次なる依頼までの一ヶ月という制限の中、ピザンへ急行する。彼らは連帯惑星を一つ一つ巡りながら、ガラモスによって操られた国民たちと出会っていく。果たして、彼らはピザンに平和をもたらすことができるのか？　いま、ジョウの銀河を股にかけた冒険が始まる。

登場人物

ジョウ
父の後を継いでクラッシャーとなった青年。
血気盛んだが、その腕は確か。

アルフィン
明るい性格のピザンの王女。
ジョウに想いを寄せている。嫉妬深い。

作品解説

ザ・ライトノベルの祖

ライトノベルの始祖をどこに置くかは議論が分かれるところだが、本書ではソノラマ文庫創刊の1975年をその始まりとしたい。その理由としては、ジュブナイル小説とはまた異なる、アニメ・マンガ・ゲーム的なイラストやアイデアと結びついた小説レーベルの始祖であるからだ。その裏付けのように、ソノラマ文庫からはこれまでのジュブナイル小説の流れを汲みつつも、新たなビジュアルでパッケージングをした小説が次々と刊行されている。その中の一つが本作『クラッシャージョウ』だった。

まず、イラストを担当しているのがアニメ『勇者ライディーン』や『超電磁ロボ コン・バトラーV』で知られるアニメーター・安彦良和。のちに『機動戦士ガンダム』で人気を博す氏が少年少女を主人公としたスペースオペラのイラストを担当する。これが当時、エポックメイキングな出来事だった。

そんな本作における不変の魅力は、どんな困難にも果敢に立ち向かうジョウやアルフィンたちの姿がカッコいいこと。クラッシャーのジョウたちは、様々な星で巻き起こる問題に頭と身体を駆使しながら乗り込んでいく。その中で描かれるキャラクターの成長や関係性の変化も見どころだ。

第1巻が刊行されたのは1977年のこと。ともすると、古く感じる要素があるのは否めないものの、キャラクターの魅力は不変だ。ソノラマ文庫の廃刊に伴い、現在はハヤカワ文庫JAから刊行されているライトノベルの祖をぜひ手にとってみてほしい。

002

SF

星へ行く船

著：新井素子《あらいもとこ》
イラスト：竹宮惠子《たけみやけいこ》

1981年3月～1992年6月
集英社〈コバルト文庫〉
全8巻

STORY

人類が気軽に宇宙へ行けるようになった時代。19歳の森村あゆみは家族と衝突し、家出を決意する。兄のパスポートと名前を借りて、地球から火星へ向かう船に乗った。性別も詐称しているため、女であることや別人であることを悟られないよう、個室で隠れて過ごそうとしていたところ、なんと部屋のダブルブッキングが発生してしまう。加えて、その鉢合わせた相手である山崎太一郎は、「俺のまわりにいると危ない」とあゆみへ忠告してきた。それもそのはず、彼は大沢善行と名乗る男を密航させている最中だったのだから――。さらに山崎と大沢は、とある組織から追われている最中。火星へと向かう船の中でも、命を取り合う戦いが勃発してしまう。危機的状況を前にしたあゆみは、持ち前の運の強さを武器にして、山崎や大沢と協力。ともに火星を目指していく。しかし、あゆみも運命を揺るがす事件に巻き込まれてしまい……。

この事件を機に、あゆみはさまざまな大事件に足を突っ込んでいくことに。様々な星で発生する難事件を、彼女は解決に導くことができるのか!?

登場人物

森村《もりむら》あゆみ
家出をした女の子。
宇宙に憧れを抱いていた。
幼い頃は持病持ち。

山崎《やまざき》太《た》一郎《いちろう》
何でも屋を生業とする男。
身長が低く、無精髭を生やしている。
ファッションセンスはゼロ。

作品解説

口語を取り入れた読みやすい作品の先駆け

　本書ではいわゆる少女小説に分類されるコバルト文庫作品も取り上げるが、中でも新井素子という作家はライトノベル史では外せない存在だろう。というのも、氏は女性一人称の「あたし」、二人称「おたく」や一段落を「が。」の二文字で終わらせて改行する表現に代表されるように、口語体を取り入れた読みやすい文体を取り入れた作家の代表格であるからだ。現在では当たり前となった砕けた一人称小説の描写も、新井の存在なくしては広がらなかった可能性すらある。

　そんな文体は、氏の第二長編である本作でも見受けられる。特にあゆみが性別を偽って船に乗っていた第1巻冒頭部と、彼女の素が出てしまってからの文章の違いを見比べると顕著かもしれない。

　物語自体は、第1巻がイントロダクションとなる宇宙船内での出会いをフォーカスしたものであることに対し、第2巻以降は山崎属する水沢総合事務所に加わったあゆみのSF探偵ものが展開される。銀河を股にかけたアクションものとしてもハラハラする展開が続くことが本作不変の魅力だろう。学習雑誌「高一コース」に連載されていたからこそ、読者層に近しい等身大の女の子がスケールの大きい事件に巻き込まれていく（加えて物語が進んでいくと、あゆみは異能力にも目覚める）様子は、その後の少女小説ないしライトノベルの転換点といっても過言ではないはずだ。

　なお、本書は現在、出版芸術社から完全版と題した単行本が全8巻で刊行中。番外編まで含めたシリーズを通して読むことができる。

003

ラブコメ

なんて素敵にジャパネスク

著：氷室冴子《ひむろさえこ》
イラスト：峯村良子《みねむらりょうこ》

1984年5月～1991年1月
集英社〈コバルト文庫〉
全10巻

STORY

時は千年前、平安時代――。京の都でも一、二を争う名門貴族の娘・瑠璃は、16歳という年頃ながら、未だに縁談を拒み続けていた。その要因は、大きく分けて二つ。まず、初恋相手の吉野君が亡くなったものの、彼への想いを忘れられずにいたから。そして、母の喪が明けないうちに早々と再婚した父・藤原忠宗の姿を見て、男に不信感を抱いていたから。しかし、結婚適齢期を逃し、今や世間的に行き遅れとなってしまっている瑠璃に対して、忠宗は結婚をするよう執拗に迫っていた。しまいには、彼の陰謀によって、瑠璃はある日、無理矢理初夜の準備までされてしまう。そんな中、瑠璃は幼なじみである高彬との幼少期に交わした約束を思い出し、彼のことを意識するようになり――。

ツンデレ気質な瑠璃は、なかなか高彬に対して素直になれない。対して高彬は、幼少期から抱いてきた瑠璃への溢れる想いを、婚約者の間柄となったことで様々な手を駆使して伝えていく。しかし、世間はそれを許してくれず、二人の前には様々な波乱が巻き起こるのだった……。

登場人物

瑠璃《るり》
内大臣家の姫。
明るく優しいために、感情に流されやすい。
頭の回転が早く、
陰謀の真相を誰よりも早く突き止める。

高彬《たかあきら》
右大臣家の四男で瑠璃の幼なじみ。
生真面目な性格で、仕事一辺倒。

作品解説

ツンデレ姫のドタバタラブコメディ

ライトノベルの起源を辿る際に、『源氏物語』がその議論の俎上に載ることがある。平安時代の貴族の姿を描いた文学史に残る作品であるが、確かに紐解いてみれば、光源氏を軸にしたハーレムラブコメ。当時は筆者たちがライトノベルを読んだように、貴族たちも『源氏物語』を楽しんだかもしれない。

閑話休題。本作はそんな『源氏物語』でも描かれた平安の世の中を舞台に、貴族社会を巡るロマンスがライトな筆致で紡がれている。特筆すべきはおてんばな瑠璃姫らしいわちゃわちゃ感が文章から伝わってくることだろう。16歳ともなれば現代であれば高校生。つまり、告白する・しないでドキドキする年齢だが、平安時代の女性貴族ともなれば既に結婚している人がほとんど。その中でも自分の想いに忠実に生き、好きな人の一挙手一投足に胸がキュンキュンしてしまう瑠璃のいじらしさにいつの間にか惹かれてしまうはずだ。本書を読めば、当時の世相や風俗もいつの間にか知ることができるかもしれない。

なお、現在手に取りやすいのはコバルト文庫から復刊された第1・2巻のみ。第3巻となる『ジャパネスク・アンコール!』以降は1999年に刊行された新装版か、電子書籍をオススメしたい。

本書の著者である氷室冴子は、1977年に短編「さようならアルルカン」でデビューした作家。本作をはじめとした諸作品を「小説コバルト」誌上にて発表し、人気を博した。現在手に取りやすい作品としては、青春小説『海がきこえる』もオススメだ。

004

SF

妖精作戦

著：笹本祐一《ささもとゆういち》
イラスト：平野俊弘《ひらのとしひろ》、若菜等《わかなひとし》（第1巻）

1984年8月〜1985年9月
朝日ソノラマ〈ソノラマ文庫〉
全4巻

STORY

夏休み最後の夜、オールナイト映画を観終えた高校二年生の榊裕は、早朝の新宿駅で一人の少女と出会う。その少女・小牧ノブは、なんと榊と同じ高校に転校してくると言い、その日は一緒に寮まで帰ることになるのだった。しかし、彼女はなんと異能力を有しており、超国家的秘密機関に追われる存在。夏休み明けから彼女を捕獲しようと試みたヘリコプターが高校に墜落してきたり、正体不明の無人戦闘機が現れる騒動が起きたり……。そんな中、ノブに興味を抱いた榊やその友人の沖田玲朗、鳴海つばさ、真田佐助は、超国家的秘密機関から彼女を救うべく行動を開始する。一方その頃、ノブのボディーガードを何者かから依頼された私立探偵・平沢千明も超国家的秘密機関に対抗すべくアクションを起こし——。やがて二者の動きは結びつき、彼らの冒険は学校から飛び出して、巨大潜水艦や超国家的秘密機関の秘密基地、果てには宇宙空間にまで辿り着く……!?

榊とノブの出会いから始まる、ひと夏のボーイミーツガール。

登場人物

榊《さかき》 裕《ひろし》
平凡な男子高校生。映画が大好き。

小牧《こまき》ノブ
念動力を支える超能力者。
機械に疎く、駅の券売機も使えない。

沖田《おきた》玲朗《れいろう》
榊のルームメイト。帰国子女で英語を話せる。
自動車部員でバイク持ち。

作品解説

等身大の高校生が織りなすひと夏の物語

今でこそ自分たちの姿を投影できるような等身大の主人公像は珍しくないものの、ライトノベルという言葉が存在しなかった時代、中高生向けの小説群の中で描かれてきた主人公は圧倒的に憧れるべき存在であることが多かった（といっても、『星へ行く船』のように平凡な少女が主人公である作品もあったのだが）。

そんな中、二十代の著者・笹本祐一によって生み出された榊裕をはじめとしたキャラクターたちは、どれだけ読者たちにとって新鮮だっただろうか。何の能力も持っていない平凡な男子高校生が、小牧ノブという不思議な少女と出会ったことで、突如巨大原子力潜水艦に侵入したり、宇宙に出掛けたりとおよそ現実では真似ができないことをしでかしていく。しかし、それが逆に感情移入しやすいし、憧れに繋がったはずだ。その憧れは、2025年になっても不変だ。異能を操るヒロインに、平凡な男子高校生のボーイミーツガール。ときめきあり、アクションあり。この物語は、いつ読んでも憧れの塊なのだ。

そんな『妖精作戦』はシリーズ全4巻。ソノラマ文庫の廃刊後、2011年に創元SF文庫から復刊を果たした。リアルタイムで本作を読み、影響を受けたと語る有川ひろや小川一水、谷川流の解説も掲載されているので、併せて読んでいただきたい。

著者の笹本祐一は、本作完結後に大河SF『ARIEL』を刊行。21世紀になってからは、そのタイトルに反して濃厚なアクションが繰り広げられる快作『ミニスカ宇宙海賊《パイレーツ》』もヒットした。

005

異世界

異次元騎士カズマ

著：王領寺静《おうりょうじしずか》
イラスト：安彦良和《やすひこよしかず》、小島康治《こじまやすはる》（第1巻挿絵）

1988年3月〜
角川書店〈角川文庫〉（第4巻まで）
→〈角川スニーカー文庫〉
既刊10巻

STORY

風邪を引きながらも出場したサッカー部の試合で、失態を犯してしまった高校生の桜木和馬。しかしその試合の後、ミス東高にも輝く美少女の緑川奈緒からラブレターをもらう。もしかしたらからかわれているのかもと思いつつ待ち合わせ場所の外階段へ向かうと、奈緒からは告白を受けるのだった。だが、幸運は一瞬で終わりを告げる。なんと告白された瞬間に地震が発生。和馬は階段の柵から外に飛ばされてしまい、そのまま落下してしまったのだ。

和馬が目を覚ますと、そこは日本ではなく異世界であった。言葉も通じず、装いや人の顔つきすら異なる世界。和馬が必死に言葉を習得すると、彼はこの世界を救う勇者として召喚されたことが判明する。ただ、その世界では7歳ごろから騎士になる訓練がされていることが常識。平和な高校生活を送っていた和馬は追放されてしまうが、世話を焼いてくれたジェラールによると、騎士にならずには元の世界に戻れないという。和馬は姫騎士のエトワールに興味を抱かれ、騎士見習いとなるのだが……。

登場人物

桜《さくら》木《ぎ》和《かず》馬《ま》
現代日本から異世界に飛ばされた高校生。不屈の精神の持ち主だが、すぐに人を信じがち。

エトワール
星の騎士団を率いる姫。カズマを処刑から助けた恩人。

作品解説

中世ヨーロッパ風世界に転移する異世界もの

本書の中でも度々登場する異世界が舞台となる作品群。大きく分けると、キャラクターが何らかの原因によって現世そのままの姿で異世界に辿り着くもの（異世界転移）とキャラクターが死を原因として姿を変え、前世の記憶を武器にしながら新たな人生を歩むもの（異世界転生）の二者が存在する。本作はそのうち、ライトノベル史としては最初期に登場した異世界転移ものだ。

異世界ものの魅力とは、まず感情移入のしやすさにある。ファンタジー小説の舞台となる異世界はもちろん現代日本と常識や文化、風俗が異なるので、説明描写が増えたり、固有名詞が増えたりと、意味を咀嚼しなければいけない単語が増えてくる。しかし、現代日本の知識をそのまま持ち込んだキャラクターがいることで、「これはコロッケに似た料理で」とか、「手錠みたいな」といった比喩表現が使えることとなり、その世界にいることの共感性が上がるのだ。また、本作のように異世界に突如飛ばされた主人公が元々いた現代日本に戻りたいという気持ちは誰もが共感できるはず。そんな読みやすさを武器に、この先幾千もの異世界ものが刊行されていく。

その元祖にあたる本作は、何が何だかわからないうちに主人公の桜木和馬が伝説の勇者に祭り上げられていくお話。17世紀のローマ風の異世界を舞台に、アクションあり、ラブロマンスありの物語が楽しい。本作は第三部第3巻が刊行されず未完となっているものの、細部までこだわった異世界転移もののはしりをぜひ体感してほしい。

006

ファンタジー

ロードス島戦記

原案：安田《やすだ》 均《ひとし》
著：水野《みずの》 良《りょう》
イラスト：出渕《いづぶち》 裕《ゆたか》

1988年4月～1993年3月
角川書店〈角川文庫〉（第1巻まで）
→〈角川スニーカー文庫〉
全7巻

STORY

複数の国家が群雄割拠している島・ロードス島。この島ではかつて、魔人戦争と呼ばれる全土を巻き込む大きな争いが繰り広げられていた。だが、勇者の活躍によって戦いは終結を迎え、島には平和が訪れていた。

それから30年。ヴァリス帝国と魔人戦争後に建国されたマーモ帝国間の緊張が高まり、再び戦火の兆しがロードス島に訪れていた。そんな中、アラニア王国にある寒村で暮らしていた戦士・パーンは、亡き父と同じ騎士になる夢を追って、武者修行の旅に出る。エルフのディードリットや親友で幼なじみの神官・エト、魔術師のスレイン、盗賊のウッド・チャックらを道中で仲間にしながらパーンは冒険を進めていくが、ある日、裏で戦争を操る謎の存在を耳にする。なんと「灰色の魔女」ことカーラという存在が、ロードス島の平和を脅かして、この地に戦争をもたらそうとしているようで……。

果たしてパーンは、ロードス島の平穏な日々を守り続けることができるのだろうか？　いま、パーンたち一行の冒険が始まる——！

登場人物

パーン
暴走しがちな自由騎士。
何にも屈せず、臆せず、
立ち向かっていく青年。

ディードリット
帰らずの森出身のハイエルフ。
閉ざされたエルフの
世の中の外を見るために、
パーンのたびに同行する。

作品解説

TRPGから始まった和製ファンタジーの原型

TRPGとは、テーブルトークRPGの略。ルールブックを片手に、ゲームマスターとプレイヤーが卓を囲み、サイコロの結果と会話によって物語を紡いでいくボードゲームの一種である。TRPGはビデオゲームが流行するよりも早く、『ダンジョンズ&ドラゴンズ』など多くのファンタジーものが誕生。のちに『ウィザードリィ』など様々な作品に大きな影響を与えていった。そんなTRPGの特徴の一つに、プレイ結果をシナリオ仕立てに書き記した「リプレイ」という媒体の存在が挙げられる。つまり、誰かがプレイした結果生まれた物語を文字として発表することで、擬似観戦ができるということだ。本書の始まりもそのリプレイ。「コンプティーク」誌上にて連載されていた『ダンジョンズ&ドラゴンズ』のリプレイに端を発し、オリジナルルールによって制作されたリプレイ（のちの『ソード・ワールドRPG』）を、ゲームマスターであった水野良自ら小説化したのが本作なのである。

といっても、『ロードス島戦記』はここまで記した発表までの経緯を知らなくとも、十二分に楽しめる傑作だ。今では半ばテンプレートと化した長耳エルフ（なんと本作が初出）との出会いをはじめ、パーンの旅路はハラハラドキドキする展開尽くし。手に汗を握りながら、ページをめくること請け合いである。

ちなみに、「ロードス島」の名を冠する水野の作品は本作のほか、前日譚『ロードス島伝説』、続編『新ロードス島戦記』、百年後のロードス島を描く『ロードス島戦記 誓約の宝冠』が刊行されている。

007

ファンタジー

フォーチュン・クエスト

著：深沢《ふかざわ》美《み》潮《しお》
イラスト：迎《むかい》夏《なつ》生《み》

1989年11月～2020年7月
角川書店〈角川スニーカー文庫〉(第8巻まで)
→メディアワークス〈電撃文庫〉
全39巻(第一部全8巻＋新編全20巻＋新編第二部全11巻)
＋外伝全3巻＋Ｌ全3巻＋バイト編全1巻

STORY

駆け出しの冒険者の六人組。マッパーだけど方向音痴なパステルに、美形だけど不幸体質な戦士・クレイ。盗賊だけど目立つ格好をしているトラップ、薬草マニアのキットン、お子様魔法使いなエルフ・ルーミィ、巨人族で運搬業を担うノル、というメンバーで冒険を続けている。

レベルも低い上、能力もそこまで高くないし、まともな装備も持っていない。けれどみんな仲間思いでお人好しであることがパステルたちパーティーのウリだった。そんなある日、お金が底をついたため、パステルたちはとあるクエストを受注する。しかし、そのクエストをこなしていくうちに、ひょんなことから洞窟に住むホワイトドラゴンを退治することになってしまい……？

仲間も増やしながら、各地を転々としていくパステルたち。ドタバタ騒がしい日々を送りながら、ときおりパステルたちの内面に迫る涙を誘うエピソードが描かれることも？　そんな六人＋αが紡ぐ冒険譚の果てに待つものとは？

登場人物

パステル・G・キング
明るく前向きな性格の詩人兼マッパー。
落ち込みやすいが、立ち直りも早い。
料理が大好き。

クレイ・シーモア・アンダーソン
パーティーのリーダーを務める戦士。
礼儀正しい性格だが、
自分のことを疎かにしがち。

トラップ
クレイの幼なじみ。盗賊。
リアリストで、
パーティーの保護者役になる場面も。

キットン
農夫。
普段は何を考えているのか分からないが、
植物や薬草のことになると目の色が変わる。

作品解説

TRPG的世界観で紡がれる壮大なファンタジー

ファンタジー小説というと、どうしても壮大な冒険譚に着目しがちで、勇者たちキャラクターのパーソナルな部分にフォーカスが当たることは少なかった。そこで本作『フォーチュン・クエスト』ではTRPG的なレベル、経験値、能力値という概念を用いながらも、パステルたちキャラクターの冒険外の部分にまでエピソードを割き、彼ら彼女らの魅力を引き出す構成となっている。物語自体がパステルの一人称になっているため、彼女たちのパーティーと一緒に冒険をして、少しずつ経験値を重ね、成長していくさまが堪能できる。戦いの間に流れるほのぼのとした雰囲気も楽しいが、引き締めるところはきちんと引き締まるのがポイントだ。世界を救うような壮大な展開はないものの、仲間と楽しく冒険をしていくパステルたちの様子は読んでいて飽きない。

そんな彼女たちの物語を補足する重大な要素が、巻末に収録されているモンスター図鑑である。作中世界にてメジャーなモンスターからマイナーなものまで分かりやすく図説されているため、読者の想像も膨らむというもの。剣と魔法の世界ではあるものの、保険会社や通販カタログといった現代社会的要素も登場するので親近感がある。

なお、著者の深沢美潮は本作のおよそ百年前を舞台とした『デュアン・サーク』や『青の聖騎士伝説』も刊行。前者は本作にて勇者と讃えられる少年を主人公とし、後者ではその仲間を軸に描いている。本作の世界観をより楽しみたい方はこちらもぜひ(といっても本作だけでかなりの冊数があるのだが……!)

008

ファンタジー

風の大陸

著：竹河聖《たけかわせい》

イラスト：いのまたむつみ

1988年11月～2006年4月
富士見書房〈富士見ファンタジア文庫〉
全28巻＋外伝全7巻

STORY

誕生のその日に父を喪ったデン共和国の王子、アウル・トバティーエ。祖父であるデン共和国の国家元首、アウル・バカンによって名を付けられてすぐ、彼はアドリエ王国の侵攻によって国を追われることとなってしまう。母・レシーナと共にたどり着いたのは、半人半獣の賢者、ケントウリの住む山奥。到着してすぐに息を引き取ったレシーナの代わりにケントウリによって育てられたティーエは、すくすくと成長。青年になり、薬師として冒険を始めるのだった。

一方、アドリエ王国に対抗する小国・イタールの姫、イタール・クラレス・アルン・アーダ（ラクシ）は、病弱な兄を廃位に追い込み、自分を王に擁立しようとする家臣たちに反発。断髪の上、出奔するのだった。そうしてラクシは、人間との関わりに飢えていたティーエと邂逅。そこにトリニダ王国の宰相の次男で、自由戦士ギルドの一員である歴戦の傭兵、カイエ・アトゥス・ストゥル・マグヌス（ボイス）も加わり、大陸の命運をかけた冒険を始めることに。果たして、滅びゆく古代アトランティス大陸の運命やいかに。

登場人物

ティーエ
薬師の青年。
絶世の美女と見紛うほどの顔立ちを持つ。
常に物静かな性格。

ラクシ・アーダ
イタール公国の姫。
旅路では男の格好をしている。
ティーエを心配し、用心棒役を務める。

ボイス・マグヌス
大男。
ティーエに命を助けられ、
自由戦士の掟から彼に同行するようになる。

作品解説

己の運命に立ち向かう王道ファンタジー

1985年にソノラマ文庫から刊行されたSFホラー『バミューダ霊海ドーム』。バミューダトライアングルの中にある古代文明の遺跡がキーワードとなる作品だが、その執筆を機に古代アトランティス大陸をモチーフとした作品を執筆した、というのが著者の竹河聖による本作執筆の経緯。そこから幕を開けた本作は、富士見書房（現・KADOKAWA）の小説誌「ドラゴンマガジン」の創刊号から連載を開始し、同レーベルを牽引するファンタジーの一作となった。

本作の要は、三人の主人公がそれぞれ壮絶な人生を歩んでいて、様々な問題を抱えながらどうにか乗り越えていくこと。どれだけ熾烈でも、己の人生を振り返り、決死の覚悟で挑んでいく。そんな彼らの姿に感動してしまう。

なお、「ドラゴンマガジン」にて連載されたのは、主人公三人が出会ってからの物語（第二部）。富士見ファンタジア文庫ではその前日譚となる第一部が書き下ろしで発表され、そこから二十年ほどアドリエ王国編、太陽帝国編、ローダビア公国編と話を変えながらシリーズが継続した。2006年には最終章となる第28巻が刊行されたが、なんと2010年にはハルキ文庫から続編となる『新風の大陸』が刊行。こちらは既刊3巻と未だ完結していないが、外伝も合わせて40冊ほどのアトランティスの物語をいのまたむつみの妖艶なイラストとともにぜひ体感してほしい。

なお、竹河作品なら本作と同じ世界観で繰り広げられるファンタジー大作『巡検使カルナー』もオススメである。

009

ファンタジー

女戦士エフェラ＆ジリオラ

著：ひかわ玲子《れいこ》
イラスト：米田仁士《よねだひとし》

1988年12月〜1990年4月
大陸書房〈大陸ノベルズ〉
全7巻＋外伝全2巻
※新装版となる幻冬舎コミックス〈幻狼ファンタジアノベルス〉では全5巻

STORY

戦乱の大陸・ハラーマ。かつてこの地を支配していたムアール帝国が衰退したことで、数多もの国家群が割拠。盟主権争いが勃発していた。

そんな世界で、魔道士の弟子だったエフェラと皇女のジリオラは、傭兵として各地を放浪中、三つ子の兄妹と出会う。彼らはグラフトン公国の継承権を持つ子どもであった。グラフトン公国は既に、中つ国の新興勢力・フォーダ神聖皇国の半属領と化している弱小国家。人間の魂を奪うと伝えられている教団が支配するフォーダ神聖皇国が彼らの命を狙っており、エフェラとジリオラは三人を追っ手から逃すよう依頼を受けるのだが……。

魔道士としての堅苦しい生活に飽き飽きして王宮に忍び込んだエフェラと、帝国唯一の後継者でありながら暮らしに退屈していたジリオラ。出会いから始まって、二人はとんでもない事態を乗り越え、熱い恋愛をして、子どもとともに旅を続けていく。エフェラの息子やジリオラの次女、エフェラの娘などに物語が連なる、大河ファンタジーがここに。

登場人物

エフェラ
リアリストな少女。
貧乏な家に生まれ、
幼い頃に魔道士ギルドへ引き取られた。

ジリオラ
ムアール帝国の後継者。
宮廷生活に馴染めず、家出してしまう。

作品解説

少女向けヒロイックファンタジーの傑作

本作は捻くれ者のエフェラと、野生的なジリオラの二人を軸に綴られるヒロイックファンタジー。エフェラは過酷な状況に対してネガティブになるものの、そこをジリオラが補って……という形で、凸凹コンビはどんどん旅を進めていく。

本作の肝は、エフェラとジリオラの生き様が魅力的に描かれていること。もし読者がハラーマに転移したとしたらすぐに心が折れてしまうところだが（それこそエフェラのように）、二人は何事にも挫けない。果敢に抗って、自らの人生を掴み取ろうと足掻くのである。運命任せにせず、自分が生きたいように生きていく。その様子が美しいのだ。

また、右ページでも触れているが、本作は主人公が順次交代していく。その理由としては、エフェラとジリオラが作中で恋愛をした結果、妊娠し、子どもを出産するから（その子どもたちが主人公となる）。その触感の異なりにも注目してほしい。

なお、本作は初版を大陸書房・大陸ノベルスで刊行した後、同社の大陸ネオファンタジー文庫にて文庫化。その後、書き下ろしの新作も交えつつ、講談社X文庫ホワイトハートと講談社ノベルスに移籍したが、現在では幻冬舎コミックスの幻狼ファンタジアノベルスにて新装版を読むことができる。シリーズの順序もレーベルごとに変わっているが、可能ならば二人と三つ子が出会うエピソード『グラフトンの三つの流星』（大陸ノベルス版における第1巻／幻狼ファンタジアノベルス版ならば第1巻に収録）から読んでいただきたい！

010

ファンタジー

スレイヤーズ

著：神坂《かんざか》 一《はじめ》

イラスト：あらいずみるい

1990年1月～
富士見書房〈富士見ファンタジア文庫〉
既刊52巻
（長編全17巻／短編集全30巻＋短編集第二部全5巻）

STORY

「悪人に人権はない」をモットーに、数々の魔法を使いこなす自称「美少女天才魔道士」のリナ＝インバース。放浪の旅を続ける彼女は、趣味と実益を兼ねて盗賊と戦い、金品を盗みながら生活を続けていた。しかしある日、彼女が盗賊から奪ったお宝の中に、世界の滅亡に関わる秘密が隠された品・賢者の石が混ざっていて……!?

盗賊に絡まれているところを救ってくれた凄腕のイケメン剣士、ガウリイ＝ガブリエルが保護者役となって始まったアトラス・シティへの道中では、お宝を狙った男たちが次々とリナの前に現れる。異形の魔法剣士・ゼルガディス＝グレイワーズに、生きる伝説と名高い赤法師・レゾ。さらには、赤眼の魔王・シャブラニグドゥまでリナとガウリイの前に現れてしまい――。

リナとガウリイの道中には、強大な敵がたくさん！　しかし、持ち前の明るさと絆によって、二人はどんな敵をも蹴散らしていく。魔王に冥王など次々と襲い来る敵を、果たして二人はどのように倒していくのだろうか……？

登場人物

リナ＝インバース
型破りな性格の魔導士。
仲間に対しては面倒見が良い。
食い意地が凄まじい。

ガウリイ＝ガブリエル
金髪碧眼の美青年剣士。
生真面目な性格で、リナの旅路に同行する。

作品解説

少女向けヒロイックファンタジーの傑作

これまで紹介してきたファンタジー作品といえば、どちらかといえばビジュアルが付いていて読みやすいようにはなっているものの、硬派な世界観で真面目に進んでいく物語が多かった。その反動――というわけではないのだが、本作『スレイヤーズ』は主人公・リナの軽快な一人称視点で物語が進行する、『フォーチュン・クエスト』と並んでライトなファンタジーの先駆け的存在である。そして、本作は富士見ファンタジア文庫の新人賞であるファンタジア長編小説大賞（現・ファンタジア大賞）の第1回にて準入選を果たした作品。ライトノベル史において、新人賞から登場した最初のヒット作ということも押さえておきたいポイントだ。

また、富士見ファンタジア文庫作品の特徴として、文庫書き下ろしの長編と、「ドラゴンマガジン」誌上連載の後に文庫化される短編が同時進行する点が挙げられる。もちろん本作はその祖。長編では殺伐とした世界観で進行するシリアスな物語（とはいえ、リナの軽快な語り口は健在）、短編では一話完結（途中から二話完結も）のギャグテイストな物語と区分けもされており、一粒で二度美味しい展開が紡がれていく。

そんな『スレイヤーズ』は長きにわたって富士見ファンタジア文庫を牽引し続けたが、2011年に短編シリーズが完結。シリーズに幕を閉じたかと思われた。しかし、2018年に長編第16巻が刊行され、翌年には第三部の始動が正式に告知。第17巻や短編集も刊行され、シリーズ開始から35年の時が経ってもなお、『スレイヤーズ』の熱が冷めることはない。

011

ファンタジー

ゴクドーくん漫遊記

著：中村《なかむら》うさぎ
イラスト：桐嶋《きりしま》たける

1991年5月〜
角川書店〈角川スニーカー文庫〉、メディアワークス〈電撃文庫〉
全13巻＋外伝既刊10巻

STORY

ゴクドー・ユーコット・キカンスキー、16歳。「ゴクドー」という名が表す通り、彼は自分勝手で傲慢、傍若無人とまさに極道のような性格の冒険者だった。そんな彼は、いつか一山当てて大金持ちになり、美女を独り占めしようという夢を抱いている。そしてその性格故に自分のことしか考えず、セコく世の中を生き抜いてやろうと考えていたのだが——そう世の中は甘くない。

富豪のボディーガードとして小銭を稼いだ後、酒場で飲んでいたゴクドーくんが「おまえさん、命を狙われとるぞ」と話しかけてきた老婆に腹を立て財布を盗んでみれば、その老婆の正体が大魔王の妻だと判明。しかもその財布からは大魔神が姿を現す始末。やがて本当に魔王から命を狙われてしまう存在となったゴクドーくんは、侯爵家の一人娘であるルーベット・ラ・レェテや魔神・ジンらとともに強大な敵と戦うこととなっていく。

結局世のため人のために働いてしまうゴクドーくんと、その仲間たちの未来は果たしてどっちだ——!?

登場人物

ゴクドー・ユーコット・キカンスキー
不幸体質の少年。
他人のことを考えず、
自由気ままに生きている。

ルーベット・ラ・レェテ
戦うことが大好きな貴族令嬢。
ゴクドーより好戦的な性格。

作品解説

勇者らしくない勇者による冒険記

本作の始まりは、「コンプティーク」誌上に掲載されたコラム。従来のRPGであればクエストをこなしていかなければストーリー進行が不可となるが、同コラムで取り上げていたゲーム『ルーンワース』では、クエストを断っても物語の進行が可能であった。このアイデアに着想を得たライターの中村うさぎは、正規ルートではなく悪人ルートで進行するファンタジーものとして本作を考案。極悪プレイを行う勇者をギャグタッチで描いたところがエポックメイキングで、読者の心を掴んだ。

ちなみに、シリーズ開始当初、本作のタイトルは『極道くん漫遊記』であったが、テレビアニメ化にあたって現在のタイトルに改められた。なお、角川書店（現・KADOKAWA）のお家騒動の影響を受け、本編は角川スニーカー文庫、外伝はメディアワークス（現在はKADOKAWAに統合しているが、当時は別会社）の電撃文庫から刊行された。

……と本作を勧めているものの、2025年現在、古書として買うか図書館で手に取るか以外の手段で『ゴクドーくん漫遊記』を読むことは難しい。加えて、著者は90年代後半からエッセイストに転向し、本作は2001年に刊行された外伝第13巻を以て休止している。中村自身、「続きが書けない」とSNS上に投稿しており、ゴクドーくんたちの旅路が再開することは難しい。しかし、その破天荒でありながら一本筋が通ったストーリーは一読の価値ありだと私は思う。ぜひ、どこかで本書を発見して、ゴクドーくんの魅力に触れてほしい。

012

学園

〈蓬莱学園〉シリーズ

著：新城十馬
イラスト：中村博文《なかむらひろふみ》（第5巻まで）、美樹本晴彦《みきもとはるひこ》（第6巻）

1991年9月～
角川書店〈富士見ファンタジア文庫〉
既刊6巻

STORY

東京から遥か２５００ｋｍの南洋に浮かぶ宇津帆島。そこには、十万人もの生徒が通うマンモス学校・蓬莱学園が存在した。海と山に囲まれるだけではなく、港に飛行場、原子力発電所までが学園の敷地に存在しているのだった。

新学期を迎え、そんな蓬莱学園に新入生たちがやって来る。そのうちの一人、朝比奈純一は学校に来るや否や、新入生歓迎イベント中に遊覧用の飛行船から覗いた双眼鏡で偶然見つけた少女に一目惚れしてしまう。一体、あの子は……!? その衝動のまま、純一は蓬莱学園内をあちこち探し回るが、やがて学園銃士隊や校内巡回班、鉄道管理委員会、自警団から追われる存在となってしまう。しかし、そんなことは純一が構うところではない！ 学園の中なら空から下水道の中まで。初恋相手を見つけるために純一は、公安委員のベアトリス・香沼や剣士の神酒坂兵衛、銃士隊長の聖剣一郎らをはじめとする生徒たちを巻き込みながら爆走し続ける。果たして彼は、十万人の生徒の中から、少女を見つけることができるのか――？

登場人物

朝比奈《あさひな》純一《じゅんいち》
一目惚れした少女のために、奮闘する少年。学年で唯一のクラブ未所属。

ソーニャ・ヴレーミェヴナ・枯野《かれの》
ゲーム研に所属する二年生。シベリア生まれの賭博師。

作品解説

PBM企画から生まれた学園ドタバタコメディ

この作品を説明するためには、その成り立ちについて触れなければならない。まず本作は、ゲーム制作会社・遊演体によるプレイバイメール（PBM）企画『ネットゲーム90　蓬莱学園の冒険！』に端を発した作品なのだ。

そもそもプレイバイメールとは、郵便やインターネットを介して行われたプレイヤーの選択によって、物語の展開が左右されるゲームのこと。遠距離版のTRPGと考えると分かりやすいかもしれない。『ネットゲーム90蓬莱学園の冒険！』はその一作で、プレイヤーは蓬莱学園の生徒となり、部活動や生徒会活動、はたまた軍事活動まで、幅広い展開を楽しむことができた。その世界観を共有し、グランドマスターとしてゲームの管理を行なっていた新城十馬（現・新城カズマ／グランドマスターは柳川房彦名義）自ら小説化したものが本シリーズだ。

右ページで触れているあらすじは第1巻『蓬莱学園の初恋！』のもので、第2・3巻となる『蓬莱学園の犯罪！』では別キャラクターによる賭けの行方、第4・5巻となる『蓬莱学園の魔獣！』では不思議な少女との出会いから始まる幻想奇譚が綴られる。惜しむらくは、第6巻『蓬莱学園の革命！』が第一部のみ刊行されており、未完であることなのだが……。

なお、新城による小説群のほかに、のちに『フルメタル・パニック！』を刊行する賀東招二やアニメ『恋姫†無双』シリーズの脚本を手掛ける雑破業らが同じ世界観を舞台にした作品を発表しているシェアード・ワールドが存在。こちらも併読すると、蓬莱学園の世界観がより楽しめる。

013

異世界

十二国記

著：小野不由美
イラスト：山田《やまだ》章博《あきひろ》

1992年6月～
講談社〈講談社X文庫ホワイトハート〉(「華胥の幽夢」まで)
→新潮社〈新潮文庫〉
既刊14巻(長編12巻／短編集2巻)
※新装版となる新潮社〈新潮文庫〉では既刊15巻

STORY

ごく普通の高校生活を過ごしていた中嶋陽子は、毎晩恐ろしい悪夢にうなされていた。そんな中、陽子が通う高校に突如、ケイキと名乗る謎の男が出現。程なくして化け物も襲来し、教師と話していた陽子は目の前に現れた存在たちに混乱してしまう。ケイキは化け物を倒すための剣と、その技を教えるジュウヨウという存在を陽子に授与。ケイキはそのまま無理やり彼女を連れ去ろうとするのだった。

そしてケイキは陽子を見知らぬ土地に運ぼうとするものの、伏兵が二人を襲撃。交戦するものの、陽子は道から転落。そのまま見知らぬ異世界へと足を踏み入れてしまう。

陽子が訪れたのは、十二の国が島を分割している世界。そのうち巧州国に来てしまった彼女は、一人で元の世界へと戻る術を探し始める。しかし、道中で出会った人物からは裏切られ、同じ日本からの転移者にも酷い目に遭い、異形の獣に襲われて……。散々な目に遭いながらも、陽子は故郷への帰還を誓ってその足を一歩、また一歩と進めるのだが——。

登場人物

中嶋陽子《なかじまようこ》
現代日本から転移してきた女子高生。
卑屈な性格だったが、
徐々に勇敢な少女に変わっていく。

蒿里《こうり》
泰麒《たいき》。
現代日本に卵果《らんか》の状態で流された存在。
一度決意したことは最後まで貫く
強靭な精神を持つ。

尚隆《しょうりゅう》
戦国時代の日本で育った。
自由奔放で不真面目な性格だが、
国王として優れた手腕を有する。

作品解説

異世界に転移する人々を描いた、大河ファンタジー

何者かがトリガーになって、主人公が異世界に連れ去られ、そこで居場所を見つけていく……という物語は２０２５年現在のライトノベルを俯瞰すると、多数見受けられる。もちろんその原型を辿れば『アーサー王宮廷のコネチカット・ヤンキー』のような歴史改変ＳＦも挙げられるのだが、本作は中華風の異世界を舞台として、様々な転移者の姿を描いた群像劇としてどの世代が読んでも面白いシリーズになっている。

舞台となるのは、十二の国によって構成されている世界。そこに流れ着いてしまった地球人や、逆に地球へ流れ着いてしまった者を軸に物語は展開されていく。右ページで触れている中嶋陽子は第1・2巻『月の影 影の海』の主人公（のちに『風の万里 黎明の空』や『黄昏の岸 暁の天』でも登場）。『風の海 迷宮の岸』では陽子と同時期に日本で生まれながら戴国《たいこく》の麒麟となった泰麒、『東の海神 西の滄海』では戦国時代の武士・小松三郎尚隆と、様々なキャラクターが主人公になり、過酷にして壮絶な十二国での日々を生き抜いていく様が描かれる。

なお、本作の初版は講談社X文庫ティーンズハートと少女小説レーベルから。しかし、その後講談社文庫に所収され、現在では新潮文庫から続刊が発売されている。新潮文庫入りに合わせて、これまで番外編とされていたホラー小説『魔性の子』もエピソード0として正式にシリーズ入りを果たした。もし、『十二国記』の世界に魅了されたのであれば、異世界から現実世界へ干渉してきた事例を描いた『魔性の子』も併読してほしい。

014

ファンタジー

〈卵王子〉カイルロッドの苦難

著：冴木忍
イラスト：田中久仁彦《たなかくにひこ》

1992年7月～1995年2月
角川書店〈富士見ファンタジア文庫〉
全9巻

STORY

城塞都市ルナンの王子・カイルロッドは、卵王子と呼ばれていた。その所以は、彼が卵から生まれたと噂されていたから。そのショックで母は彼を産んですぐ亡くなってしまったのだという。そんな蔑称を付けられながらも、カイルロッドは盆栽が趣味の心根正しい青年に成長した。とはいえ、目下の悩みは卵王子と呼ばれていることによって、婚約者が見つからないこと。ようやく婚約者が見つかったかと思えば、他の男と駆け落ちをされて逃げられる始末。やりきれない日々の連続に、憂さ晴らしとばかりに城を抜け出して酒場へ向かったカイルロッドは、ついついお酒を飲みすぎて酔い潰れてしまうのだった。

　しかし翌朝目を覚ますと、カイルロッドの目の前は一変。ルナンの人々が石化した異様な光景が広がっていたのだ。その日からカイルロッドはルナンの石化した民を救うべく、冒険を開始する。誰がルナンの民を石に変えたのか。何のために。そしてどうやって？くしゃみをすると馬に変身してしまう呪いも掛けられながら、カイルロッドは真相に迫っていく。

登場人物

カイルロッド
褐色の肌と碧眼、銀色の髪(一房だけ赤い)がトレードマークの王子。呑気でお人好し。

ミランシャ
自称魔女の少女。優しく明るい性格の持ち主。酒癖が悪い。

イルダーナフ
放浪の剣士。金を積まれればなんでも引き受ける豪快な男。ただ、時には冷徹な判断を取ることも。

作品解説

辛い宿命に立ち向かう若き王子の成長譚

本作の著者・冴木忍といえば、神話や民話などをベースとしたファンタジーものの中で、とにかく過酷な運命に翻弄されながらも果敢に生き抜く人々の姿を描くことが得意な作家。『道士リジィオ』をはじめ、多数の作品を刊行しているが、中でも後世の作家に影響を与えたのが本作『〈卵王子〉カイルロッドの苦難』である。

本作の特徴は主人公のカイルロッドがとにかく辛い状況に落とされること。そもそも卵王子という蔑称で呼ばれていて不幸な目に遭っているというのに、ある魔道士によって石に変えられてしまった祖国・ルナンの人々を救うため、都市内の数少ない生き残りであるミランシャとイルダーナフと旅に出たカイルロッド。そんな彼を待ち受けていたのは困難、困難、更なる困難なのであった。不幸体質自体はギャグテイスト(くしゃみをしたら馬になる呪いなど)なのだが、ストーリーにも影響が及んでしまうと悲しい展開の連続に思わずページを捲る手が止まってしまうほど。ライトノベルのファンタジーなのだから、そう言っても程度がある……と油断するなかれ。そのあまりにも痛ましい展開(特に第6巻)には、「ドラゴンマガジン」誌上で行われた読者投票企画でカイルロッドがかわいそうなキャラクター部門首位を獲得するほど魅力的。しかし、そんな悲劇の連続でもめげずに前を向くカイルロッドの姿には、胸を打たれるに違いない!

惜しむらくは本作が絶版になっていて入手しにくいこと。電子書籍版も配信されていないが、どうにか手に入れてでも読む価値のある一作だ。

015

伝奇

ザンヤルマの剣士

著：麻生《あそう》俊平《しゅんぺい》

イラスト：弘司《こうじ》

1993年3月～1997年12月
角川書店〈富士見ファンタジア文庫〉
全9巻＋短編集1巻

STORY

男子高校生の矢神遼はある日、裏次郎と名乗る奇妙な紳士から波状の鞘に収められた短剣を押し付けられる。そして老紳士は、「この剣は、抜くことができた人間に強大な力を与えてくれる……」という謎の言葉を残して姿を消してしまった。その夜、遼が剣を抜いてみると、30cmほどの鞘から1mほどの長さの剣が現れる。どうしても抜けそうにないものなのに何故……。戸惑いを隠せない中、遼の周囲で連続殺人事件が発生する。まず被害に遭ったのは、遼もよくお世話になっていた保険医にセクハラをしていた教頭。その次は教頭殺人事件について調べていた雑誌記者。果てには遼に絡んできた不良まで被害に遭ってしまう。もしかして、犯人は夢遊病になっていた自分なのか？　そう考えてしまう遼だったが、ちょうど引っ越してきた彼の従兄妹・朝霞万里絵にサポートされながら、事件の真犯人と剣の秘密を探ることになり……。現代文明が栄える前に滅んだ、古代文明・イェマドの遺産を巡った壮絶な事件に二人は巻き込まれていく。

登場人物

矢《や》神《かみ》遼《りょう》
平凡な高校生。
意志が強く、一度決めたことは曲げない性格。

朝《あさ》霞《か》万《ま》里《り》絵《え》
遼の従兄妹。世話焼きな性格。
帰国子女で、サバイバルスクールで身につけた技術を用いる。

作品解説

ロマン溢れる現代学園ファンタジー

　前文明から繋がってくるオカルト的なアイテム。平穏に生きてきた少年がいきなり壮絶な運命に巻き込まれる展開。今でこそ普遍的な学園ファンタジーの構成ではあるが、その礎を築いたのが本作『ザンヤルマの剣士』なのである。「ドラゴンマガジン」誌上で発表された短編「闇への招待状」と同じ世界観で繰り広げられる本作では、様々なキャラクターの内面や欲をクローズアップ。そこに現代社会ならではの切り口を加え、己の運命に立ち向かっていく主人公・矢神遼の姿を多面的に描いている。イェマドの遺産に振り回される人物たちが巻き起こす事件を対処しようとする遼だが、その過程では否応なく人間のゲスな内面、あまり表には出さない負の感情を見せつけられる。しかしそれは即ち、遼が持つザンヤルマの剣のような強大な力や遺産を持つ者に対してのプレッシャーの大きさでもあり……。何度も逃げようとする遼の行動は当然で、とてもヒーローとは形容できないものの、万里絵をはじめとした周囲の協力によって徐々に戦う決心をしていく様子には心を打たれるはずだ。ハードボイルドな文体もクセになり、全10巻もすぐに読み終わるに違いない。この作品の影響により、その後ライトノベルでは現代を舞台としたファンタジーものが次々と登場していくこととなる。

　そんな本作を生み出した著者・麻生俊平は、『ザンヤルマの剣士』完結後、やはり現代学園ファンタジーとなる『ミュートスノート戦記』をスタート。人間兵器となってしまった主人公の葛藤と戦いが描かれる傑作だ。

016

SF

それゆけ！
宇宙戦艦ヤマモト・ヨーコ

著：庄司卓
イラスト：赤石沢貴士《あかいしざわたかし》

1993年7月～2014年3月
角川書店〈富士見ファンタジア文庫〉
→朝日新聞出版〈朝日ノベルズ〉
全25巻（長編14巻／短編集11巻）
※新装版となる朝日新聞出版〈朝日ノベルズ〉では全12巻＋短編集1巻

STORY

西暦２９９０年代。人類は銀河に進出したものの未だ争いを止めることはできず、ＴＥＲＲＡとＮＥＳＳという二つの勢力に分かれて戦いを続けていた。その二者の衝突は最初こそ武力での勝負だったものの、科学技術の発展に伴って徐々に形態が変化。今ではゲーム感覚で行われるものとなっていく。そんな人の命が奪われることのない戦争が繰り広げられる世界線が、我々が住まう世界とは別に存在していた。

そんな中、現代日本に住んでいたゲーム好きな女子高生・山本洋子は突如、自分の住む世界とは異なる西暦２９９０年代の人類からＴＥＲＲＡ側のプレイヤーとしてスカウトされる。彼らによると洋子のゲームの腕前を活かし、宇宙戦艦を動かしてほしいというのだ。そこで彼女はシューティングゲームで培ったスキルを駆使して、ＮＥＳＳとの戦いに参加。宇宙戦艦に搭乗して戦っていくことになるのだが——。一方その頃、洋子と同じ世界・時代に生きる女子高生も西暦２９９０年代の世界からスカウトを受けていた。女子高生同士の戦争の行方やいかに!?

登場人物

山本洋子《やまもとようこ》
文武両道な女子高生。
女子からも人気が高い。
自己主張が激しい。

御堂《みどう》まどか
器械体操が得意な女子高生。
アニメオタクで同人誌も執筆している。
負けず嫌い。

白鳳院綾乃《はくほういんあやの》エリザベス
イギリスで生まれ育った純日本人。
押しに弱い素直な女の子。

作品解説

アニメやゲームネタを交えたスペースオペラ

田中芳樹『銀河英雄伝説』などのように、スペースオペラ＝宇宙を股にかけた人命が散っていく戦争ものという時代の中で、血の流れないスペースオペラとして描かれたのが本作『それゆけ！　宇宙戦艦ヤマモト・ヨーコ』だ。山本洋子＝ヤマモト・ヨーコが現代日本から来たという設定を活かし、話の流れに合わせて刊行当時のアニメやゲームの小ネタを挟み、とにかくコミカルに描いていくのが本作のポイントである。といっても、話の本筋は至ってハード。血は流れないものの戦争ではあるし、戦争にも超古代星間種族・オールドタイマーの遺産の争奪戦というお題目があるし、女子高生たち同士の戦いも発生するし……。軽く読めるものの、奥に広がる世界は重厚という塩梅がとにかく巧みなのだ。

そもそも刊行時期を考えると、湾岸戦争が勃発し、戦争の様子がテレビ中継されるようになった頃。武器もアップデートされていく時代の流れを皮肉ったかのような展開はおそらく当時の読者も肌感覚で悟っていたのではなかろうか。現代でもインターネット上の動画サイトで戦争の様子を視聴できるほどその距離は近づいている。ＳＮＳで誹謗中傷を書き込めば人を殺せるかもしれない。そんな空気が蔓延している今だからこそ、本作は感情移入しながら読めるはずだ。

そんな本作は富士見ファンタジア文庫では打ち切りとなっていたものの、２０１０年に朝日ノベルズから再刊。２０１４年に無事完結を迎えた。そのため今から読み始めるのであれば、完全版である朝日ノベルズ版がオススメだ！

017

ファンタジー

ソーサラー狩り
爆れつハンター

著：あかほりさとる
イラスト：臣士《おみし》れい

1993年8月〜
メディアワークス〈電撃文庫〉
既刊6巻＋外伝3巻

STORY

人と魔物が共存するスプゥールナ大陸。その大陸をほぼ統一しているファミル帝国では、魔法を使える法族と魔法を使うことができない庶民とで人々が二分されていた。法族は庶民を虐げ、庶民はその仕打ちに耐える。それが常態化していた世の中だったものの、あるとき、天に代わって悪党な法族を裁く存在「法族狩り《ソーサラー》」が現れる。

法族狩りをしているのは、様々な技を駆使して、狙った獲物は決して逃さない腕利きたち。罪なき庶民を救うべく、依頼を受けては秘密裏に法族狩りを派遣していた。そんな中で冒険を始めたのが――バカでスケべだが怪物に変身する能力を駆使して戦うキャロット・グラッセに、知的でクール、かつ東方魔術を駆使するマロン・グラッセ。そして二人と一緒に行動をする大きな丸メガネがチャームポイントで二人を鞭で諌める少女、ティラ・ミス、という三人組だった。

彼らは、今日も今日とて依頼を受けて、周囲の人物も巻き込みながら、犯罪に手を染める法族を成敗していく――！

登場人物

キャロット・グラッセ
女の子が大好きな軽薄な男。
魔法を吸収しすぎると獣人化してしまう。

ティラ・ミス
のんびりとした性格のメガネっ子。
メガネを外すと、ボンテージ衣装の女王様に。

マロン・グラッセ
東方魔術を駆使する青年。
巧みな戦闘能力と豊かな知識を駆使して戦う。

作品解説

ポップな文体で描かれた、ギャグファンタジー

本作は、アニメの脚本やノベライズで活躍していたあかほりさとるが、「電撃コミックガオ！」にて連載を開始したマンガ『爆れつハンター』（作画：臣士れい）と併せて刊行されたファンタジー小説である。そもそもあかほりは、アニメへの造詣が深いライターの小黒祐一郎をして、「90年代のアニメを語る時に、あかほりさんの存在は欠かせない」と言わせるほどの人物。マンガやライトノベル、アニメ、ゲーム、ラジオとメディアを横断し、『MAZE☆爆熱時空』や『NG騎士ラムネ&40』、『サクラ大戦』など多数の作品に携わった。

そんなあかほり小説作品の特徴といえば、マンガのネームと見紛うほどに軽快でポップな文体で執筆されていること。アニメやマンガのファンが抵抗なく手に取れるよう、擬音や著者自身が作中に登場するメタフィクション的表現を採用し、まさにライトな感触で楽しむことができる。

筆者がその中でも『ソーサラー狩り 爆れつハンター』を推したいのは、普遍的な勧善懲悪ものとして感情移入がしやすいから。悪人を善人が倒す。そこにスケベな男主人公をはじめとしたマンガ的想像力のスパイスが降りかかる。そうなると、これまでには味わったことがない食感の物語が楽しめる、という寸法だ。今でこそここまで変態な主人公はどうなのだろうかと思うこともないが、シンプルなストーリーラインですぐに内容が理解できる本作は、ライトノベルのテンプレートを広げた重要な一作と言わざるを得ない。

018

ファンタジー

魔術士オーフェン

著：秋田禎信《あきたよしのぶ》
イラスト：草河遊也《くさかゆうや》

1994年5月〜
角川書店〈富士見ファンタジア文庫〉→TOブックス
既刊45巻（長編20巻＋長編第二部12巻／短編集13巻）
※新装版となるTOブックス版では既刊29巻（長編22巻／短編集7巻）

STORY

キエサルヒマ大陸の西部に位置する街・トトカンタで非合法の金貸し屋を営んでいた魔術士のオーフェンはある日、宿で眠っていたところを不良顧客のボルカンに叩き起こされる。彼は金儲けができる話があるとオーフェンに持ちかけ、とある富豪の屋敷へ向かうよう提案してきた。ボルカンの話であるからあまり当てにはできないものの、とりあえず言われた通りに富豪の屋敷へ向かうオーフェン。しかしその屋敷の中で彼を待ち受けていたのは、ボルカンが企んだ結婚詐欺だった。すぐに見合い相手に結婚詐欺がバレてしまって万事休すな状況に陥ったオーフェンたちだったが、その瞬間爆音が鳴り響く。その現場に急行すると、彼は一本の剣と異形の魔物の姿を目にする。その異形の魔物とは、かつて魔術士養成機関・牙の塔でオーフェンが共に学んでいた幼なじみ、アザリー・ケットシーのなれの果てで……。

この出会いからキエサルヒマ大陸を横断し、原大陸まで向かっていくオーフェンの冒険が始まる。大いなる運命に巻き込まれた彼の未来やいかに。

登場人物

オーフェン
黒ずくめの服装と
悪い目つきが印象的な青年。
荒っぽい言動を取るが、優秀な魔術士。

クリーオウ・エバーラスティン
貴族の次女。
お嬢様だが、平民の学校に通っていた。
自由奔放な性格。

ボルカン
オーフェンから金を借りた腐れ縁。
卑怯な性格で、ビッグマウス。

作品解説

コミカルでシリアスなファンタジーの傑作

孤児＝orphanに由来した主人公を軸に、シリアスな展開が続く書き下ろし長編『魔術士オーフェンはぐれ旅』と「ドラゴンマガジン」誌上にて連載されたものを書籍化したコメディテイストの短編集『魔術士オーフェン・無謀編』の二本立てで描かれたファンタジー小説。19 90年代の富士見ファンタジア文庫を『スレイヤーズ』とともに支えたといっても過言ではない看板作品だ（余談だが本作と『スレイヤーズ』のコラボ作品も刊行されている）。

そんな本作の特徴に、そのコミカルとシリアスを両立させた筆致はもちろん、ただのファンタジーではない世界観が挙げられる。ただ魔術が存在する世界ではなく、黒革のジャケットに赤いバンダナを巻いたオーフェンの姿を筆頭に、近代的な要素も取り入れられ、とにかくとっつき易く物語が描かれている。また、魔術をただその世界に存在するものとして描くのではなく、北欧神話を引き合いにしつつも、何故発現するのか、根拠のある形で描いていくところも本作ならでは。昨今、魔法の理由をしっかり描いた作品も多く見受けられるが、その先駆けとなったのは本作だったといえる。こういった点が中二病心をくすぐってくれることが読者にとってとても嬉しいし、物語に引き込まれる要因となるのだ。

なお、本作は2003年に完結したものの、2011年にTOブックスへ版元を変えて再開。新シリーズと新装版が同時に刊行された。今読むのであれば、単行本版として装いも新たになった新装版の『はぐれ旅』からぜひ。

019

SF

タイム・リープ あしたはきのう

著：高畑《たかはた》京《きょう》一郎《いちろう》
イラスト：衣谷遊《きぬたにゆう》

1995年6月
メディアワークス
全1巻
※新装版となるKADOKAWA〈メディアワークス文庫〉版では全2巻

STORY

ある日、高校二年生の鹿島翔香は、前日の記憶がないことに気付く。それと同時に彼女は、自分の日記の中にある知らない記述（筆跡は彼女自身のもの）を目にするのだった。そこには何故彼女が記憶を失っているのか詳細な理由こそ書かれていないものの、クラスメイトの若松和彦に相談すれば安心できるとある。とはいえ、翔香は若松と面識こそあれど、特段親しいわけではなかった。記述を信じて若松に相談を持ちかけるものの、本人も何が何だか分かっていない様子で、翔香の話を半信半疑で聞き始めた。その結果、彼は疑わしい部分はあるとしつつも、翔香の記憶がない理由を解明する手助けをすることとなる。その後、断続的に記憶喪失が発生する翔香の様子を見て、若松は彼女がタイム・リープに巻き込まれていると推理して――。

果たして、翔香がタイム・リープに巻き込まれることとなった理由とは？　また、断続的に起こるタイム・リープが巻き起こした時間のパズルを、二人はどのようにクリアしていくのか？　若松の友人・関鷹志にも協力を仰ぎつつ、二人は真実に迫っていく。

登場人物

鹿島《かしま》翔香《しょうか》
タイム・リープ現象に
巻き込まれてしまったおてんばな女子高生。

若松《わかまつ》和彦《かずひこ》
翔香のクラスメイト。
学校でもトップクラスの秀才。
異性関係には疎い。

作品解説

時間SFの大傑作

時間SFといえば、古くはロバート・A・ハインラインの『夏への扉』に始まり、筒井康隆のジュブナイル小説『時をかける少女』や半村良『戦国自衛隊』など、数多もの傑作が世に放たれている。その系譜の中でも特に『時をかける少女』の影響下にあるといってもいい作品が、『タイム・リープ あしたはきのう』である。

著者の高畑京一郎は、第1回電撃ゲーム小説大賞（現・電撃小説大賞）出身の生え抜き作家。本作では現代の高校を舞台に、主人公の意識のみが時間を移動する（つまり、身体はそのまま）タイム・リープを描いた。氏によると、アメリカの連続ドラマ『タイムマシーンにお願い』から着想を得たらしい。

翔香の目線で綴られる物語は、日付がばらばら。火曜日の次は水曜日だが、翔香の水曜日は睡眠ではなく外因性の衝撃によって打ち切られる。そして彼女の意識は木曜日へ。その木曜日も階段からの転落によって中断され、水曜日の「衝撃を受けた瞬間」に舞い戻るのである。何かしらのショックによってタイム・リープに巻き込まれていることが判明しながら、何故そういった現象が起きているのかを解き明かしていく様が面白い。

本作のミソとなるのは、我々読者側と同じく時間通りに過ごしている若松の存在だ。タイム・リープを続ける翔香との関係がなかなか深まらないところにやきもきさせられるが、読破後にまた一ページ目から振り返ってみると、点と点が繋がったかのような爽快感がきっと得られるはずだ。

020

SF

ブラックロッド

著：古橋秀之《ふるはしひでゆき》
イラスト：雨宮慶太《あめみやけいた》

1996年1月
メディアワークス
全1巻
※新装版となるWiZH版では
『ブラッドジャケット』『ブラインドフォーチュン・ビスケット』と合本して全1巻

STORY

念仏を唱えながら歩く少年僧侶に、街を行き交う力士たち。彼らが集うのは、塔型の街、ケイオス・ヘキサ。今日もケイオス・ヘキサでは、様々な人種が集い、様々な事件が起きていた。

ある日、ケイオス・ヘキサに三つの都市を奈落堕ちさせたという隻眼の男、ゼン・ランドーが闖入《ちんにゅう》する。彼を捕えるべく、精神拘束によって全ての感情を封印した公安局の黒杖特捜官・ブラックロッドが行動を開始する。そんな彼を補佐するのは、降魔局から派遣されてきた妖術技官のヴァージニア9。巨大な黒い杖を持つブラックロッドを補佐し、凶悪犯であるランドーを捕まえることができるのか……!?

もちろん、ブラックロッドとヴァージニア9だけがランドーを追っているわけでもない。「最後の牙持ち」である気さくな性格の私立探偵、ビリー・龍もある依頼をきっかけに、ランドーの起こす事件に携わっていく。

いったいランドーが事件を起こした理由はなんなのか？　三人の行先に、事件の真相が待っている。

登場人物

ブラックロッド
公安局に所属する魔導犯罪特捜官。個人の人格は精神拘束《ゲアス》によって封印されている。

ヴァージニア9
降魔管理局に所属する妖術技官。人格はあるが人権がなく、任務が終われば処分される存在。

作品解説

サイバーパンク調で描かれる唯一無二のSF小説

本作は、ケイオス・ヘキサと呼ばれる塔型の街を舞台とした、サイバーパンク調のSF小説である。そもそもケイオス・ヘキサは、層ごとにカーストが存在。最下層ともなれば多種多様な人種が蠢く魔境となる。そんな街の中で戦闘訓練を受けた僧侶たちによって構成され、街の外に跋扈する魔物を掃討しようとしているのが機甲折伏隊の面々。それと並び立つ強さを持つのが、吸血鬼の牙を移植した牙持ちと、己の感情を封印してまで都市の治安を守る黒杖特捜官なのである。

……と、少しアク強めの設定を書き連ねてきたが、本作は開幕早々マーチ調にアレンジされた般若心境がお目見え。とにかく文章から伝わってくる雰囲気を咀嚼しながら読み進めていくと、病みつきになっていく唯一無二の読後感が待つ作品である。

なお、『ブラックロッド』自体は一巻完結。続く『ブラッドジャケット』では吸血鬼のロング・ファングと吸血鬼殲滅部隊・ブラッドジャケットの戦いが、『ブライトライツ・ホーリーランド』（改題後は『ブラインドフォーチュン・ビスケット』）では機甲折伏隊の壊滅後に発動された「プロジェクト・トリニティ」の顛末が描かれる。電撃文庫版では全3冊となっているが、2023年には3冊が合本して単行本化。再び手に取りやすい環境となった。

アクの強い作品以外で古橋秀之作品を推すのであれば、短編集の『ある日、爆弾がおちてきて』を。表題作ももちろんだが、「3時間目のまどか」もぜひ読んでいただきたい。

第2章

ライトノベルが花開いた時代

第2章

ライトノベルが花開いた時代

90年代後半、上遠野浩平が発表した『ブギーポップは笑わない』の登場によって、ライトノベルは大きく変化していく。というのも、これまでファンタジー小説やSF作品が主流だったライトノベルが、一気に学園異能や青春ものの方向性に寄っていったから。さらに電撃文庫や富士見ファンタジア文庫、角川スニーカー文庫は、新人賞から発掘した作家を囲い、独自カラーを作ることに成功していった。

また同時に、美少女ゲームの流行やアニメ『新世紀エヴァンゲリオン』のヒットの影響もライトノベルに波及。学園ラブコメやセカイ系作品が生まれはじめていった。

そして注目したいのは、ソノラマ文庫の創刊から既に二十年以上が経過していること。当時はまだライトノベル＝少年向け、少女向け、というイメージがあったために、大人になり巣立っていく読者も少なくなかった。しかしゼロではないのも事実。どんどんと少年少女以外の読者も増えていき、そんなライトノベルを読んで育った大人に向けた作品もちらほらと生まれはじめていく。作者も同様に年齢を重ねていったことで、大人向けの作品を描こうとする流れが生まれていく。ゼロ年代の中盤にはこういった作家が一般文藝の編集に見出され、越境していくこともあった。

一般文藝側もライトノベルのめざましいムーブメントに追いつこうと、講談社が「ファウスト」という雑誌を創刊したり、早川書房がライトノベル系作家を起用した企画を実施したりと、歩み寄る流れも発生。どんどんライトノベルの勢いが増していった。

他方でインターネットの普及によって、個人サイト上で小説を連載する作家も出現。アルファポリスや自費出版社がその作家らに声を掛け、単行本としてウェブ小説が書籍化するケースも生まれ始める。しかし当時はライトノベル読者もそれらをまだライトノベルとは認識していなかった。

〈この時期創刊の主要レーベル〉

ファミ通文庫
1998年にエンターブレイン（現・KADOKAWA）が創刊。代表作に『〝文学少女〟シリーズ』『バカとテストと召喚獣』など。2014年からはソフトカバーも刊行しはじめ、2020年以降はそちらがメインに。

スーパーダッシュ文庫
2000年に集英社が創刊。代表作に『R.O.D』『迷い猫オーバーラン！』など。2014年に後継のダッシュエックス文庫が始動した。ダッシュエックス文庫としての代表作は『わたしが恋人になれるわけないじゃん、ムリムリ！（※ムリじゃなかった！？）』『モンスター娘のお医者さん』など。

富士見ミステリー文庫
2000年に角川書店（現・KADOKAWA）が創刊。代表作に『砂糖菓子の弾丸は撃ち抜けない』『GOSICK -ゴシック-』など。2009年に廃刊となり、何作か富士見ファンタジア文庫に移籍した。

MF文庫J
2002年にメディアファクトリー（現・KADOKAWA）が創刊。代表作に『ゼロの使い魔』『Re:ゼロから始まる異世界生活』『ようこそ実力至上主義の教室へ』など。

HJ文庫
2006年にホビージャパンが創刊。代表作に『六畳間の侵略者！？』『精霊幻想記』など。2006年から2007年にかけて小説誌「Novel JAPAN」を、2007年から2009年にかけて「キャラの！」を発行。

ガガガ文庫
2007年に小学館が創刊。代表作に『人類は衰退しました』『やはり俺の青春ラブコメはまちがっている。』など。

021

伝奇

〈ブギーポップ〉シリーズ

著：上遠野浩平《かどのこうへい》
イラスト：緒方剛志《おがたこうじ》

1998年2月〜
メディアワークス〈電撃文庫〉
既刊25巻

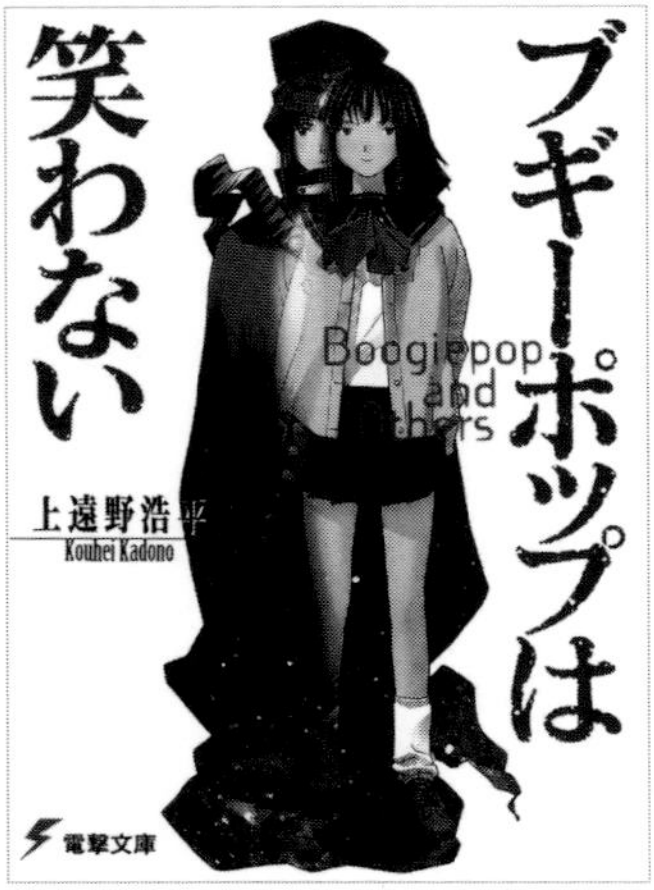

STORY

　平凡な男子高校生である竹田啓司はある日、恋人である後輩の宮下藤花とデートの約束を交わしていた。しかし、待てども藤花は待ち合わせ場所に現れない。そんな中、啓司は彼女と同じ顔をした人物を目撃する。その人物は大きなマントに身を包み、奇妙な帽子を被っているという異形の様相をしていた。しかも、通行人の誰しもが見て見ぬふりをしていた大号泣をしている男性の元に駆け寄るなんてことまでして……。

　翌日、啓司は藤花と放課後に約束を取り付けるも、待ち合わせ場所に遅れて現れたのはやはり、昨日と同じ藤花と同じ顔をした謎の人物であった。その人物は自らのことをブギーポップと名乗り、世界の敵を倒すために藤花の身体を借りているというのだが……？

　近隣高校にも名が知れ渡るほどの不良にして「炎の魔女」という異名を持つ霧間凪や、凪のクラスメイトで藤花とも親しい末真和子など周囲の人物も、ブギーポップと「世界の敵」に纏わる謎に巻き込まれていく。果たして、ブギーポップの正体は何なのか。そして、彼が立ち向かう「世界の敵」とはいったい……!?

登場人物

ブギーポップ
「世界の敵」に対応して出現する存在。普段は宮下藤花の中に眠る人格。

霧《きり》間《ま》凪《なぎ》
正義の味方を目指して活動する女子高生。合成人間を倒すほど強大な力を持っている。

作品解説

ライトノベルの流れを変えた歴史的シリーズ

女子高生の間で噂される「その人が一番美しい時に、それ以上醜くなる前に殺す」とされる存在、ブギーポップ。そんなブギーポップの正体は、高校生の宮下藤花の別人格であった。そんな彼女を中心として、「世界の敵」「統和機構」「合成人間」など複雑な要素が絡み合って、一筋縄ではいかない物語を紡いでいくのが、『ブギーポップは笑わない』から始まる本シリーズである。

物語の縦軸としては「統和機構」との戦いが要となるのだが、本作は群像劇として進むため、それ以外の要素もふんだんに描かれている。青春もあれば、異能力もあり、キャラクターの証言が重なるごとにブギーポップの人物像が鮮やかになっていって……。高校生たちの等身大の悩みが描かれていることも、本作のエポックメイキングな点であった。ここまで述べてきた要素が、読者に受け入れられたことで、これまでファンタジーものが主流であったライトノベル業界は転換していく。ゼロ年代に学園異能ものや青春ものが増えていく（ないし新人賞に応募されていく）こととなる。その証左として、西尾維新や入間人間、佐藤友哉などの作家が本作に強い影響を受けたことを語っている。

ちなみに、本作をより楽しむのであれば、上遠野浩平の他シリーズも併読されたし。『ビートのディシプリン』は統和機構の合成人間・世良稔が、『ヴァルプルギスの後悔』では炎の魔女・霧間凪が主人公として描かれている。もちろん単独でも読めるシリーズであるが、本作の世界を完全に把握するなら、ぜひ。

022

百合

マリア様がみてる

著：今野《こんの》緒雪《おゆき》
イラスト：ひびき玲音《れいね》

1998年4月〜2012年4月
集英社〈コバルト文庫〉
全37巻

STORY

武蔵野の丘の上に存在する、カトリック系のミッションスクール・私立リリアン女学園高等部。そこでは、学園生活を規律正しく円滑に過ごすべく、下級生と指導者役になる上級生が「姉妹」となるスール制度が敷かれていた。

ある朝、一年生の福沢祐巳は、憧れの先輩である「紅薔薇のつぼみ」こと二年生の小笠原祥子に呼び止められる。そこで祥子から制服の身だしなみを正された祐巳は、このことをきっかけにして、彼女が所属する生徒会・山百合会の本部、薔薇の館を訪れるのだった。時を同じくしてその頃、山百合会の面々は学園祭で演じる劇の内容を『シンデレラ』に決定。祥子がシンデレラ役に内定するが、王子役はリリアン女学園と同じ丘の上に立つ男子校・花寺学院高校の生徒会長が務めることとなっていた。極度の男嫌いである祥子は王子役を知るや否やキャスティングを辞退しようとするが、山百合会の役員たちは妹がいない彼女にその権利はないと言う。そんなところへ入ってきた祐巳を見ると、祥子は突如、彼女を妹にすると宣言して——。

登場人物

福沢祐巳《ふくざわゆみ》
平凡な高校生。
感情がすぐに顔へ出てしまうタイプ。
そっくりな顔をした弟がいる。

小笠原祥子《おがさわらさちこ》
元華族の家系に生まれたお嬢様。
プライドが高く、怒らせると怖い。

作品解説

今日に続く百合ブームの火付け役となった傑作

女の子同士の関係性を描いた作品群を意味するジャンル「百合」。その先駆けとなったのは、1920年に吉屋信子が描いた『花物語』だった。その後、女子校の中での上級生と下級生の恋愛関係を意味する「エス」のブームが到来。戦後になって自由恋愛が一般化するに伴ってエスものは減少してきたが、アニメ『美少女戦士セーラームーン』や『少女革命ウテナ』など女の子同士の関係性にフィーチャーした作品群がヒットしてきた90年代後半に現れたのが、本作『マリア様がみてる』であった。

その最たる特徴は、リリアン女学園というおよそ現代のジェンダー観とは異なる箱入りのお嬢様育成機関にて惹かれていく女の子と女の子のときめきが鮮やかなこと。重大な事件こそ起こらないものの、彼女たちの胸中ではとんでもないことが起きている。その問題を解決しながら距離を縮めていく女の子の様子に、少女小説読者の女性のみならず男性も食いついた。その結果、ゼロ年代には百合ブームが勃発。2003年に日本初の百合専門誌「百合姉妹」が創刊され、2005年の「コミック百合姫」創刊などにも繋がっていく。

なお、本作が築いたスール百合が、マンガ『私の百合はお仕事です！』やメディアミックス企画『アサルトリリィ』などにも影響を及ぼしたほか、ミッションスクールの中で描かれる百合作品として、マンガ『青い花』などの傑作が生まれている。だが、ライトノベルにおける百合のヒット作はこの後、入間人間『安達としまむら』まで待たなければならない。

023

ファンタジー

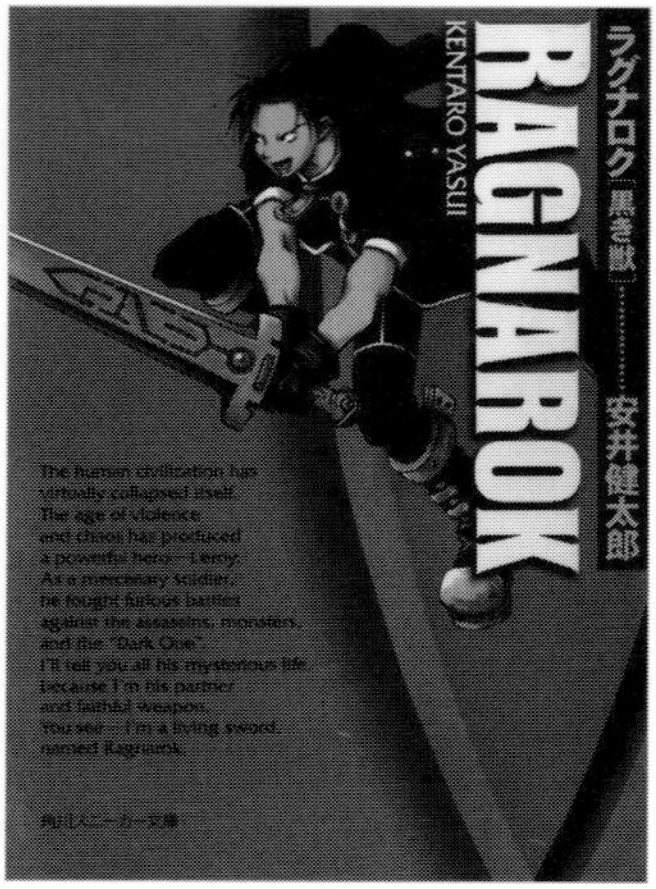

ラグナロク

著：安《やす》井《い》健《けん》太《た》郎《ろう》

イラスト：TASA

1998年6月～
角川書店〈角川スニーカー文庫〉
既刊20巻（長編11巻／短編集9巻）

STORY

異形の存在である闇の種族と人類の戦いが続く世界。SS級の傭兵になれば、一生食いっぱぐれないと噂される中、その立場に最も近かった男、リロイ・シュヴァルツァーが突然ギルドを脱退した。これまでの立場と名声を捨てた彼は、大陸の辺境、アルパスに転戦。喋る剣である相棒のラグナロクと共に、気ままな生活を繰り広げていた。

しかしある日、かつて依頼中に騙し討ちをしてきたレナから、妹を救出してほしいという依頼を受け取る。やむを得ずその依頼を受けることとなったリロイは、暗殺組織「真紅の絶望《クリムゾン・ディスペアー》」の本部を襲撃。するとそこには虎の姿をした組織の首領が待ち受けていた。さらに首領は、リロイのことを何故か仲間と呼び始めてしまい……。

リロイとラグナロクが戦う相手はどれも強敵ばかり。奇怪な武器を操る暗殺者から、桁違いの力を振うモンスターまで、様々な敵が一人+一振りを襲っていく。しかしリロイにもとある秘密が隠れていて……!? 最強の男の冒険譚が始まる。

登場人物

リロイ・シュヴァルツァー
フリーの傭兵。
重傷を負ってもすぐに回復する力を持つ。
思ったことをすぐ行動に起こすタイプ。

ラグナロク
喋る剣。
本体は柄に嵌め込まれた玉。
五千年ほど生きている。

作品解説

とにかく熱い力と力がぶつかり合うファンタジー

黒い雷光の異名を持つリロイと、前時代文明の遺産にして対闇の種族用の最終兵器として開発された喋る剣・ラグナロクがとにかく戦う、戦う、戦う！　というエンドレスバトル小説。敵を倒したら更なる強敵が、そしてその敵を倒すと……というアクションシーンが大好きな方は垂涎の作品だろう。そんな本作の魅力は、圧倒的な力と力がぶつかり合いながら謎を解き明かしていくことにある。そもそも強大な力と強大な力がぶつかり合うだけでも爽快感があるのに、武器であるラグナロクの一人称視点によって斬って倒す側の視点で戦いを読むという珍しい描き方がその戦いの模様をよりダイナミックに演出しているのだ。

ラグナロク視点で描かれる書き下ろし長編に対して、「ザ・スニーカー」掲載の短編が収められた『ラグナロクEX』は様々なキャラクターの目線で物語が展開。変わらずバトルアクションは繰り広げられるものの、本編とはまた異なる味わいで楽しめる。

そんな本作は2006年に発売された『ラグナロクEX』第9巻を最後に休止。著者の安井健太郎曰く、「遅筆」と「書かれたものがライトノベルと呼べない」という二つの理由により、シリーズが中断したのだという。しかし安井は2013年に講談社ラノベ文庫から『アークIX』を刊行し、他レーベルでの執筆を開始。2017年には『ラグナロク』のリブート版が小説投稿サイト「小説家になろう」にて掲載開始された。現在はオーバーラップ文庫から書籍化もされており、読み比べてみるのも面白いかもしれない。

024

SF

フルメタル・パニック！

著：賀東招二《がとうしょうじ》
イラスト：四季童子《しきどうじ》

1998年9月～2010年8月
角川書店〈富士見ファンタジア文庫〉
全22巻（長編12巻／短編集9巻）＋外伝2巻

STORY

いかなる国家にも属さず、軍事力によって平和を維持することを目的とした対テロ極秘傭兵組織・ミスリル。そこに属している傭兵で、銃火器類の扱いに長けている最年少エージェントの相良宗介は、ある日、テロ組織・アマルガムから狙われている少女・千鳥かなめの護衛のために都立陣代高校に潜入することとなる。しかし、これまで紛争地域を転々としてきた宗平は、現代日本の常識を習得しておらず、潜入＝転校初日から生活に馴染めずにいた。銃火器を持ってきたり、電車から飛び降りてみたり……。

そんな中、アマルガムに所属する宗介の仇敵・ガウルンが、沖縄へ修学旅行に向かうかなめや宗介たちが乗った飛行機をハイジャックする。そもそも何故かなめが狙われているのか分からない状況下に加えて、異国の地で援軍の到着を待つ宗介は、一人決死の反撃を開始する。類稀なる戦闘技術を駆使して戦いつつ、援軍が到着してからはミスリルの最新型アーム・スレイブ、アーバレストに搭乗。かなめを守りつつ、世界の命運を賭けた戦いに臨む。

登場人物

相良《さがら》宗介《そうすけ》
ミスリルの隊員。
若者ながら、豊富な実戦経験を誇る。
ずっと戦地にいたため、日本文化に疎い。

千鳥《ちどり》かなめ
活発な性格の少女。
思ったことをストレートに口にする。
特殊能力者。

作品解説

シビアなストーリー展開が光るハードアクション

先に紹介した『蓬莱学園シリーズ』のアンソロジー『蓬莱学園恋愛編 パーフェクト・ラブレター』でデビューを果たした作家・賀東招二の長編処女作。特殊な力を持ったヒロイン・千鳥かなめを中核に、傭兵として転戦してきた主人公・相良宗介の様子を描いたシリアスな長編と、現代日本を舞台とした宗介が起こす騒動を描いた短編の二軸で繰り広げられる熱い物語が魅力の作品だ。

　ライトノベルといえば、SFからアクション、学園もの、異能力、コメディ、恋愛模様と様々なジャンルが展開されるが、本作はそんな様々なジャンルを一気に詰め込んだ展開が独自性の一つ。宗介とかなめを筆頭に、個性豊かなキャラクターが織りなす関係性に魅了されたい。……といっても、どんなに世界が崩壊に向かおうとも、戦争が起ころうとも、最終的には宗介とかなめの関係性に帰結するところも、第1巻のサブタイトル「戦うボーイ・ミーツ・ガール」通り。最高に熱くなれるエンターテインメント小説だ（その結果、「このライトノベルがすごい！」2008年版にて第1位を獲得した）。

　2011年に本編と短編集が完結した後、大黒尚人によるスピンオフにして本編の12年後を舞台とした『フルメタル・パニック！アナザー』が刊行。2024年からは賀東自ら宗介とかなめが結婚した本編の20年後の世界を描く『フルメタル・パニック！Family』が進行中である。賀東の作品では遊園地の再興に挑む青春グラフィティ『甘城ブリリアントパーク』もオススメだ。

025

ファンタジー

キノの旅
the Beautiful World

著：時雨沢恵一《しぐさわけいいち》
イラスト：黒星紅白《くろぼしこうはく》

2000年7月～
メディアワークス〈電撃文庫〉
既刊23巻

STORY

旅人である人間のキノは、言葉を話す二輪車のエルメスと共に、いろいろな国を巡っている。世界のあちこちには個性豊かな国が存在し、その地で暮らす人々はその地ならではな文化や法律、常識に則って生活をしている。キノとエルメスはそんな国々を訪れ、三日間だけしか滞在しないというルールのもと、人々と交流をして、また次の国へと旅立つ日々を続けてきた。

キノとエルメスが訪れる国々は、ほとんど何かしらの問題を抱えている。戦争をしていたり、外部の人間からすればとんでもない法律があったり……。そんな国を旅しながらキノとエルメスは果たして何を思うのか？

一方、キノたちのように国々を行き交う旅人は他にも存在。キノの師匠とその相棒や、移住できる国を探して国を渡り歩く青年・シズと人間の言葉を理解できる犬・陸、そして旅路で出会った少女・ティーの三人組、写真撮影を生業とする少女・フォトと二輪車のソウも……。彼らの旅路は時に交差しながら、それぞれの旅が続いていく。

登場人物

キノ
凛々しい旅人。
エルメスとともに、
様々な国を旅してはドライに人々に接する。

シズ
移住先を求めて旅を続ける青年。
慈悲深い性格で、
人助けを積極的に引き受ける。

作品解説

ラノベの読者層を広げた短編連作寓話

20代以上のライトノベルファンにとって、入り口となった作品は何かと聞かれたら、本作を答える人が一番多いのではないか。そう思うほど、小中学生に圧倒的な人気を誇るファンタジー作品が『キノの旅 the Beautiful World』である。

本作は、キノとエルメスという二人（一人と一台）が訪れた様々な国で起こるエピソードをまとめた連作短編集である。その国々は、文明レベルや社会制度も千差万別。特殊な法律が敷かれている国も存在し、キノは身につけている銃・パースエイダーを武器に、時には血生臭い展開や理不尽にも思える出来事に巻き込まれつつ、知恵と機転によってその場を乗り切っていくのだ。

そんな『キノの旅』の魅力は、キノとエルメス（ときには別の面々）による淡々とした語り口によって描かれる、寓話的要素の数々だ。一話ごとは短く読みやすい上、アクションシーンあり、コメディありとすんなりその世界に没入することができるのだが、ストーリーの裏では現代社会に存在する問題が見え隠れしている。多数決や民主制度、平和とは何なのか……？　そんな現代ではもはや前提となった要素の数々に鋭いメスで切り込むような、社会批判も含まれていることが、本作ならではの魅力といえるだろう。

なお、本作には著者・時雨沢恵一自らパロディとして書き下ろしたスピンオフ『学園キノ』が存在。全寮制の学校に通う木乃を主人公に、ドタバタな青春が幕を開ける。本編との温度差に風邪を引くかもしれないが、こちらも傑作なので是非。

026

現代ファンタジー

R.O.D READ OR DIE

著：倉田英之《くらたひでゆき》
イラスト：羽音《うおん》たらく

2000年7月〜
集英社〈スーパーダッシュ文庫〉
既刊12巻

STORY

産休になった教師の代わりとして、都立高校に世界史教師としてやって来た読子・リードマンは、在学している天才小説家の菫川ねねねと出会う。ねねねのファンである読子は彼女にサインをねだるが、素っ気のない反応しか返されない。本来、ファンサービスをしっかりとするタイプのねねねだったが、そんな反応を返すようになったのは、彼女のストーカーが原因だった。というのも、ねねねの熱狂的なファンが彼女を愛するあまりストーカーに転じ、執拗にアプローチを迫ってくるようになったという。そんな中、そのストーカーは遂にねねねを誘拐してしまい……。大好きな作家を救うため。そして教え子を守るため。読子は世界史教師ではないもう一つの顔である大英図書館特殊工作部のエージェント、ザ・ペーパーとして暗躍。紙を自在に操り、ストーカーを撃破するのだが……!?

ある時は読子の前に強敵が現れたり、ある時は読子を追ってねねねが大活躍をしたり。ストーカーを撃破したことで読子を認めたねねね。世界を股にかけて難事件を解決していくことになる二人の道中やいかに。

登場人物

読《よみ》子《ご》・リードマン

本のことが大好きな大英図書館特殊工作部のエージェント。読書と紙を使うこと以外、生活能力はない。

菫《すみれ》川《がわ》ねねね

天才美少女小説家。強気で好奇心旺盛な性格。読子のことを慕っている。

作品解説

読書好きなら確実にハマるアクション活劇

自らを読書狂と言い表すほどの脚本家・倉田英之が、読書狂を主人公にして描いたアクション作品。本好きの読子は普段、ただ本への偏狂的な愛を語るオタクとして過ごしているのだが、ザ・ペーパーとして事件に立ち向かうときは一変。真剣な眼差しで能力を駆使し、世界中の事件を解決に導いていくのだ。

そんな本作のキモは、読子とねねねの関係性にある。最初こそ塩対応であったねねねだが、読子が彼女をストーカーの魔の手から救ってからは態度が軟化。教師と生徒という関係ではあるものの、それ以上の絆が芽生えていくのだ。あぁ、とてもじれったい……！　百合としても上質な作品として読むことができるので、その手の物語が好きな方にも是非オススメしたい一作だ。なお、読子とねねねの関係性がどう発展していくのかは、本作を読み進める以外にも、第1巻の刊行と同時期にスタートしたアニメ版『R.O.D READ OR DIE』や『R.O.D THE TV』で楽しむことができる。大英図書館の設定周りもよりクローズアップされているが、パラレルワールドとなっているため、もう一つの『R.O.D』として是非楽しんでほしい。

しかし、惜しむらくは第11巻が刊行されたのち、２０１６年に十年の時を経て刊行された第12巻以降、最終第13巻の音沙汰がないこと。倉田自身はアニメ脚本でその手腕を振るっているものの、どうか完結まで読子たちの旅路を導いてほしい。氏曰く「書いている」とのことなので、完結をリアルタイムで迎えるためにもご一読あれ。

027

ファンタジー

トリニティ・ブラッド

著：吉田《よしだ》 直《すなお》
イラスト：THORES柴本《しばもと》

2001年2月〜
角川書店〈角川スニーカー文庫〉
既刊12巻（長編6巻／短編集6巻）

STORY

核兵器や細菌兵器が飛び交った大災厄の結果、人類の文明がほぼ破壊され尽くした未来。人類の生存圏はヨーロッパ周辺のみにまで狭められ、文化・生活水準は中世のレベルにまで後退してしまっていた。さらに異種知性体である吸血鬼が地球上に現れ、人類との闘争が勃発してしまう。なんとか人類は教皇庁を中心に吸血鬼を倒すものの、彼らも絶滅したわけではない。真人類帝国《ツァラ・メトセルート》を築き、復讐のときを待ち侘びていたのである。

その後、教皇庁と帝国の境に位置する街・イシュトヴァーンに派遣執行官の男、アベル・ナイトロードが降り立つ。彼は人類守護のために教皇庁国務聖省特務分室から派遣された人当たりの良い男であった。アベルは悪事を働く吸血鬼を次々と捕獲していく。しかしその真の姿は吸血鬼の血を吸う吸血鬼であるクルーニスクであり……。

リボルバー式の拳銃を駆使して戦うアベルはエステル・ブランシェと名乗る少女と邂逅。二人の運命は、人間と吸血鬼の存亡を賭けた戦いに辿りつく。

登場人物

アベル・ナイトロード
普段はドジで貧乏な神父。その正体は人類守護のために派遣された吸血鬼。

エステル・ブランシェ
シスターでありながら、パルチザン組織を率いて戦う少女。

作品解説

吸血鬼対人類の戦いを描く伝奇小説

2001年から角川スニーカー文庫にて刊行された本作は、アルマゲドン後の世界を舞台にした吸血鬼と人類の戦いを描くバロックオペラだ。

本作を読んでまず驚くのは、設定の作り込みである。前述の通り人類文明はすでに崩壊しているのだが、ロストテクノロジーとなっている遺物はいくつか現存。その設定をここで出してくるのか……！　という構成の巧みさに頭が下がる。また、吸血鬼側の言語は古代ルーマニア語を下敷きにしているもの。このようなディテールの細かさが本作の世界を唯一無二にしているのだ。

もちろんキャラクターの印象も強烈極まりない。表向きにはドジでへっぽこなアベル・ナイトロードはクルーニクルであり、ヒロインであるエステルはシスターでありながら吸血鬼に対抗する組織を率いる立場。そんな彼らがいかにして戦っていくのか……。THORES柴本の独特な絵柄が彼ら彼女らの印象をより際立たせていく。

そんな本作は「ザ・スニーカー」誌上に連載された短編をまとめた『トリニティ・ブラッド Rage Against the Moons』と書き下ろし長編『トリニティ・ブラッド Reborn on the Mars』が存在。それぞれ人気シリーズとなっていたのだが、2004年に著者である吉田直が夭折し未完となってしまった（死後に未収録短編や資料をまとめた一冊が刊行）。これだけの大作、完結していればより後世に偉大な影響を与えただろうに……ともしもを考えずにはいられない。それほどに引き込まれる作品なのだ。

028

SF

イリヤの空、UFOの夏

著：秋山瑞人《あきやまみずひと》
イラスト：駒都《こまつ》えーじ

2001年10月〜2003年8月
メディアワークス〈電撃文庫〉
全4巻

STORY

「6月24日は全世界的にＵＦＯの日」という新聞部部長・水前寺邦博の思いつきによる発言から、部員である浅羽直之はＵＦＯが出現すると噂される学校の裏山で張り込むことになった。彼らが通う園原中学校の近くにはＵＦＯの噂が絶えない空軍基地が存在し、水前寺はその秘密を暴かんとしていたのだ。そして、直之の夏休みは全て張り込みに消費されたものの、もちろんＵＦＯなど現れない。貴重な夏休みを消費させられることに嫌気がさした直之は、最後の思い出にと夜の校内プールに忍び込むことを決意する。しかし、いざ校内プールに飛び込むと、そこには手首に球体を埋め込んだ可憐な少女の姿があった。

　翌日、夏休みが明けた学校に登校すると、直之のクラスには転校生の姿が。なんとその転校生こそ、昨日夜のプールで邂逅した可憐な美少女、入里野可奈だったのだ。入里野はその異質なままでにクールな素振りが災いしてクラスで孤立してしまう。直之はそんな彼女のことを意識し始めるのだが、それに伴って、いくつかの奇妙な謎に遭遇するようになって……。

浅羽《あさば》直之《なおゆき》
流されやすい性格の新聞部員。入里野のことが気になっているが、なかなか声をかけられない。

入里野《いりや》可奈《かな》
手首に銀色の玉が埋め込まれた少女。表情に乏しいが、直之には懐いている様子。

作品解説

ライトノベルにおけるセカイ系ムーブメントの頂点

本作は、傑作猫SF『猫の地球儀』で一躍SFファンから注目を浴びた秋山瑞人が「電撃hP」誌上にて連載した連作短編集である。その魅力といえば、直之と伊里野が織りなす関係性の変化によって、世界の命運が変動することにある。

90年代後半、アニメ『新世紀エヴァンゲリオン』のヒットによって、一気にセカイ系と呼ばれる作品群が広がった。その特徴というのが、主人公＝ぼくと、ヒロイン＝きみを中心とした小さな関係性が、世界の終わりや戦争といった大問題に直結すること。つまり、本作のような作品群なのだが、マンガ『最終兵器彼女』や新海誠の商業デビュー作『ほしのこえ』など、この時期に多くの同ジャンル作品が生まれていった。そんな作品群＝セカイ系を、最も巧みな形でライトノベルに落とし込んだものが、本作『イリヤの空、UFOの夏』だ。

物語の筋はいたってシンプルである。直之と伊里野が出会い、惹かれていく。しかし、二人の間には世界の命運という重大なファクターが挟まっている。それをいかにして乗り越えながら、二人が関係性を縮めていくのかが本作最大の読みどころだ。第3巻に収録されているギャグテイストの短編「無銭飲食列伝」も外すことができない傑作である。

なお、セカイ系に則ったライトノベルとしては、先に触れた上遠野浩平『ブギーポップシリーズ』もその範疇に含まれることがある。また、本田誠『空色パンデミック』や岬鷺宮『日和ちゃんのお願いは絶対』も傑作。本作が楽しめたなら、ぜひこちらも手に取っていただきたい。

029

学園ラブコメ

まぶらほ

著：築地俊彦《つきじとしひこ》
イラスト：駒都《こまつ》えーじ

2001年10月～2015年3月
角川書店〈富士見ファンタジア文庫〉
全26巻（長編4巻／短編集22巻）＋外伝6巻

STORY

エリート魔術師養成学校の葵学園に通っておきながら、成績・運動能力・魔法の回数まで出来が悪い式森和樹。ある日、そんな彼のもとに、突然女の子が押しかけてきた。しかも同時に三人！ 幼い頃に出会った少女で、名家の子女である宮間夕菜。財閥の令嬢で新興魔術師一家の娘である風椿玖里子。そして九州の禁欲的な剣術を使う魔術師の家に生まれた神城凛。タイプの異なる女の子が、一気に和樹へアタックをしてきたのだ。

しかし、彼女たちは本当に和希のことが好きというわけではなく、その目的は彼の身体――もとい遺伝子。なんと彼の先祖は偉大な魔術師の血を多数受け継いでおり、もし和樹との間に子どもを作れば、その子は驚異的な魔力を持って生まれる可能性が高いのだという。大した魔力を持っていない和樹が葵学園に通えているのも、その遺伝子のおかげだったのだ。

七回しか魔法を発動できないというとんでもない制限下にいる和樹は、身体を狙う美少女たちと波乱の学園生活を送り始める。

登場人物

式森和樹《しきもりかずき》
なんの取り柄もない高校生。
お人好しな性格故に、
三人の女の子から想いを寄せられている。

宮間夕菜《みやまゆうな》
幼少期のある出来事をきっかけに
和樹に想いを寄せている少女。
思い込みが激しい。

風椿玖里子《かぜつばきくりこ》
財閥の令嬢。
高飛車な性格だが、実は情に厚い。
グラマラス。

神城凛《かみしろりん》
小柄で可愛らしい見た目に反して、
剣術の達人。クールで生真面目な性格。

作品解説

ゼロ年代初期を支えた学園ラブコメ

ライトノベルでよく描かれているジャンルといえばファンタジーやSF以外だと、学園ラブコメが思い浮かぶ読者も多いのではなかろうか。様々あるラブストーリーの中でも学園ラブコメがライトノベルに多いのは、やはり想定読者層である中高生が感情移入しやすい年齢のキャラクターたちが織りなす物語であるからだ。

……といっても、実は本書においてどストレートな学園ラブコメを取り上げるのは本作が初めて。ここまでファンタジーが多数を占め、学園ものといってもSFが多かった中、何故恋愛ものが突如として現れたのか。そもそも美少女ゲームのムーブメントもあったわけで、学園ラブコメをライトノベル読者が求めていなかったわけではない。そんな中で魔法が存在する現代社会を舞台に、ハーレムものののドタバタコメディという軸のもと描かれ、徐々にラブコメ比重が高まっていったのが本作だ。元々女の子が大好きな主人公ではあるものの、突如として湧いて出てきたヒロインたち（しかも自分に好意があるわけではなく肉体目当て）には辟易とし続ける。その刺激と、いったいヒロインの誰を選ぶのか、その読めない展開が楽しくてならない。

読者からもその物語性は受け入れられ、読者投票で「ドラゴンマガジン」での連載作品を決める龍皇杯の第3回首位に。その結果、シリアスな話が展開される書き下ろしの長編と「ドラゴンマガジン」掲載の短編集、外伝として毛色の異なる話が展開される『メイドの巻』『凛の巻』、合わせて33巻の長期シリーズとなった。

030

ミステリ

〈戯言〉シリーズ

著：西尾維新《にしおいしん》
イラスト：竹《たけ》

2002年2月～
講談社〈講談社ノベルス〉
既刊10巻

STORY

日本海に浮かぶ絶海の孤島、鴉の濡れ羽島。ある日、その島の主人である赤神イリヤによって招かれた、日本中のあらゆる分野の天才が客人として島に足を踏み入れた。画家・伊吹かなみに料理人の佐代野弥生、世界的研究機関・ER3システムの頂点に君臨するその山赤音、予知能力などの力を持つ占術師・姫菜真姫、そして情報工学と機械工学のスペシャリストである玖渚友。

友の付き添いとして島を訪れた《ぼく》は、敷地内を散策しながら、天才たちやその付き添いとして島を訪れた人々、屋敷に仕えるメイドたちと交流を深めていく。しかしある朝、屋敷の中でかなみの首なし死体が発見されるのだった。その日から幕を開けた、孤島での犯人当て。事態を収集しようと《ぼく》は島内にいる人々にある提案をするも、続けて赤音も首なし死体として発見されてしまう。

イリヤによって召集されながら、人類最強の請負人と呼ばれる哀川潤が未だに島にやって来ない中、果たして《ぼく》と友は真相に辿り着けるのか——？

登場人物

ぼく
友の付き添いとして
鴉の濡れ羽島を訪れた少年。
友からは「いーちゃん」と呼ばれている。
戯言遣い。

玖渚友《くなぎさとも》
青色の髪と瞳が特徴的な天才。
サヴァン症候群。
一度見たものは忘れることができない。

哀川潤《あいかわじゅん》
人類最強の請負人。
目つきが悪い。
熱血な性格で、様々な武勇伝を持つ。

作品解説

ミステリ↓異能ものへ。西尾維新の登場

綾辻行人や黒田研二、舞城王太郎、佐藤友哉など、多彩なミステリ作家を発掘した新人賞・メフィスト賞。その第23回に投稿され、見事受賞した『クビキリサイクル 青色サヴァンと戯言遣い』に端を発するシリーズが、本作〈戯言シリーズ〉である。

ミステリの新人賞らしく、シリーズ序盤は魅力的なキャラクターたちが織り成すミステリとして進行。主人公の《ぼく》――友曰くいーちゃんの軽妙な言い回しや言葉遊びを多用したモノローグが読者の心を掴んだ。また、竹によるポップなイラストが付いたことで、ミステリファンのみならずライトノベルファンにまでリーチすることに成功した。

そんなミステリシリーズであった本作が、作品性を変化させたのは中盤から。特殊な能力を持つ登場人物を相手に、何の能力も持たない主人公の《ぼく》が立ち向かっていくバトルアクションものに変貌するのだ。この点が読者から絶大な人気を博し、今なお熱狂的な支持を集めている。

本作によってミステリファンだけではなくライトノベルファンからも支持されるようになった氏は、本シリーズのスピンオフである〈人間〉シリーズや〈最強〉シリーズのほか、青春×アクション×怪異小説となる〈物語〉シリーズ、歴史アクション小説『刀語』を刊行。ミステリとしても〈忘却探偵〉シリーズなど傑作を書き続けている。アニメ化された作品も多く、未だにライトノベル、アニメと多くのフォロワーを産み続ける作家となった。

031

現代ファンタジー

悪魔のミカタ

著：うえお久光《ひさみつ》
イラスト：藤《ふじ》田《た》 香《かおり》

2002年2月〜
メディアワークス〈電撃文庫〉
既刊19巻（第一部全13巻＋第二部既刊6巻）

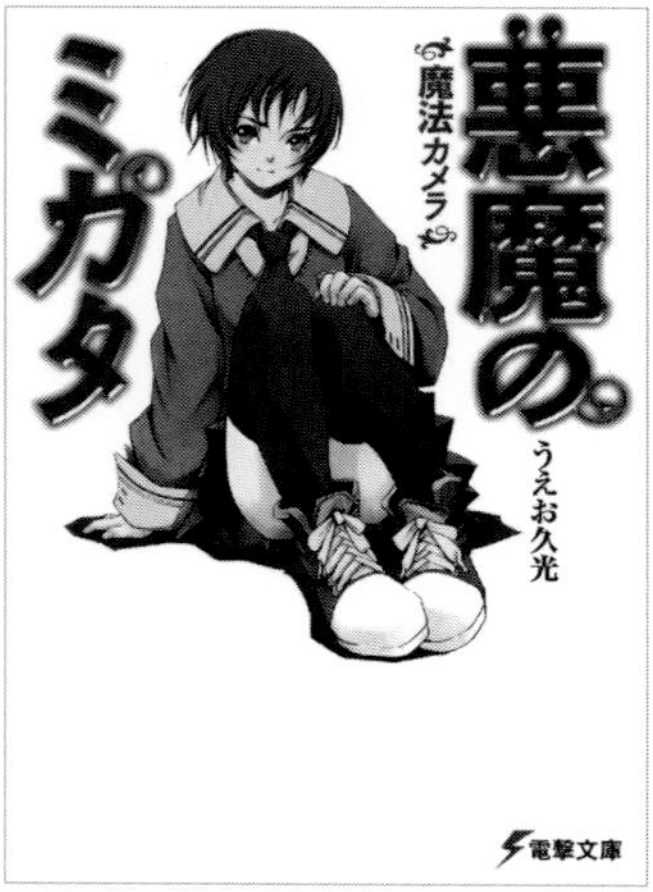

STORY

全校集会中、体育教師の山崎誠一が胸から血を噴き出して亡くなった。その三日後、妹を宇宙人に拐われた過去を持つ高校生・堂島コウの前に、色とりどりのエナメルベルトを身体に巻いた自称悪魔が現れる。彼女は、悪魔の道具である知恵の実を用いて山崎を殺した犯人の魂を回収しに来たというのだ。しかし、もちろんコウは山崎殺しの犯人ではない。無実を証明しようとするが、悪魔はなんとコウの元に来たのが初仕事。この仕事でもし魂を取る相手が間違っていたことが知れ渡れば、使えない悪魔という烙印が押されて存在を消されてしまうという。

そこでコウは悪魔のために一念発起。山崎殺害事件の犯人を捜査することになる。使用された凶器は、撮影した写真を傷つけるだけで相手の心臓に穴を開けることができるという知恵の実「ピンホール・ショット」。その持ち主を探すべく、コウは自身が所属するみすてりぃサークルの面々に協力を依頼する。しかし、コウの彼女である冬月日奈までもその餌食に遭ってしまい、命を落としてしまう。

登場人物

堂島《どうじま》コウ
軽薄で冗談が好きな高校生。恋人を生き返らせるため、悪魔のミカタになる。

アトリ
コウの妹と瓜二つな、赤い瞳の少女。悪魔として魂を回収に来た。

作品解説

異能力×ミステリ＝特殊設定ミステリの快作

ひとえにミステリといってもさまざまなジャンルが存在するが、本作は「知恵の実」という悪魔の道具を駆使した特殊設定ミステリである。現実ではおよそ不可能なトリックを可能とするアイテムや能力をキーとするミステリの一ジャンルであるが、ライトノベルにおいては本作が初期といっていいだろう。

本作の魅力は、シニカルな主人公の堂島コウが、悪魔の少女・アトリの出現後、みすてりぃサークル（通称・みークル）の面々とともに不可解な事件を捜査していくことにある。異能力や悪魔の道具が介在しているのだから荒唐無稽な真相なのかと思う方もいるかもしれないが、しっかりと事件の真相はキャラクターの心情に基づいた理路整然としたもの。等身大の学生の悩みも描きつつ、ミステリとして良作であることが、本作を人気シリーズへと至らしめた要因なのだろう（といっても、シリーズの巻数が経るごとにミステリ要素は薄れていくのだが……）。

著者のうえお久光は本作がデビュー作。この完結を待たずして、異世界転移×カードバトルの『シフト 世界はクリアを待っている』や傑作ＳＦ『紫色のクオリア』を発表。これらの作品も傑作なだけに、第二部『悪魔のミカタ６６６』が第６巻で停止していることが悔やまれる。

ライトノベルにおける特殊設定ミステリについて触れておくと、久住四季『トリックスターズ』がオススメ。上遠野浩平〈事件〉シリーズや城平京『虚構推理』など、ライト文芸ジャンルの傑作も併読されたし。

032

ファンタジー

伝説の勇者の伝説

著：鏡《かがみ》貴《たか》也《や》
イラスト：とよた瑣《さ》織《おり》

2002年2月～
角川書店〈ファンタジア文庫〉
既刊39巻（長編第一部全11巻／長編第二部全17巻／短編集11巻）
＋外伝既刊8巻

STORY

軍人の育成機関であるローランド帝国王立特殊学院に在籍しているライナ・リュートは、とにかくやる気のない劣等生だった。授業中も惰眠を貪り、成績も下の下。戦争の道具になることを国から期待され、生徒たち自身も軍人になるべく日々鍛錬を積む中で、ライナは一人、のんびりとした生活を望んでいた。

しかし、ライナは怒涛の運命の波に飲まれていく。いつも通りの生活を送っていた彼の前に青年貴族のシオン・アスタールが出現。これまで秘密にしていたライナの特殊な瞳・複写眼のことを言い当てたのだから……。そして、シオンの仲間となった美女の剣士、フェリス・エリスもまた、ライナに興味を抱いていく。やがて、戦火に巻き込まれるローランド帝国。ライナやシオンたちも出兵することになるが……。

そして戦後。ライナはローランド帝国の国王となったシオンやその部下となったフェリスとともに、勇者の遺物の探索を行なっていたが、旅を続けていくうちに大陸を覆う闇に迫っていくことになる。果たして、ライナたちの運命は——!?

登場人物

ライナ・リュート
魔眼の保持者。
怠惰な性格だが、体術や魔法は誰よりも強い技術を持っている。

シオン・アスタール
完璧な王を演じているが、その実は自分の行動によって民が不幸にならないよう苦悩するナイーブな性格。

フェリス・エリス
金髪碧眼の剣士。
表情に乏しかったが、ライナと旅を続けるうちに感情が豊かになっていく。

作品解説

やる気のない主人公による一大叙事詩

『スレイヤーズ』など、これまでに紹介してきた作品のうち何作かが連載されてきた「ドラゴンマガジン」という富士見ファンタジア文庫の雑誌では、龍皇杯と題した読者参加型のコンテストが行われていた。このコンテストでは、同誌に掲載された短編の人気投票を行い、その上位の作品がシリーズ化される。先に触れた『まぶらほ』も第3回で首位に輝きシリーズ化されたタイトルであったが、その第4回で瀧川武司の『ＥＭＥ』と並んで首位を獲得したのが本作であった。

本作の特徴は、劣等生のライナを主人公としたコミカルな文体が続く……と思えば、いつの間にかシリアスな展開に巻き込まれていくこと。ライトノベルらしい軽妙な言い回しとドタバタコメディに笑っていると、いつの間にか国家を揺るがす大事態が勃発。いったいどうなっているの？　とページを捲る手が止まらなくなるのだ。特に長編第1巻はその流れが顕著。シオンが国王となるまでのプロローグが展開されるのだが、コメディだけど学院内でのシリアスな攻防も発生しているという、まさに『伝説の勇者の伝説』といった展開が楽しめる。

そして、富士見ファンタジア文庫タイトルの特徴でもあるシリアスな長編とコメディの短編という区分けは本作でも健在。短編集『とりあえず伝説の勇者の伝説』では、長編よりもさらにコミカルな様子が描かれる。

なお、シオンが変異を起こしたことから始まる第二章『大伝説の勇者の伝説』はいよいよ終盤。クライマックスをぜひリアルタイムで目撃せよ！

033

学園異能

灼眼のシャナ

著：高橋《たかはし》弥《や》七郎《しちろう》
イラスト：いとうのいぢ

2002年11月～2023年11月
メディアワークス〈電撃文庫〉
全27巻（長編全22巻／短編集全5巻）

STORY

平凡な高校生の坂井悠二は、新学期が始まったばかりのある日、突如怪物の出現によって戦いに巻き込まれてしまう。その戦いとは、人知れず人を喰らう異世界人・紅世の徒と、それを掃討しようとする異能力者・フレイムヘイズによるものだった。悠二はフレイムヘイズの少女によって闘いから救出されるも、彼が自覚のないまま死んでいることを告げる。加えて、悠二は体内に宿している宝具・零時迷子によって存在を保ち続けていること、そして零時迷子を手に入れるために再び紅世の徒が現れることを口にするのだった。

その日から、紅世の徒から悠二を救うべく、フレイムヘイズの少女は彼の側で生活を始める。悠二は炎髪灼眼の彼女に刀の銘からシャナという名前を付け、ともに学園生活を送るように。敵が二人に襲いかかる中、悠二とシャナはお互いに距離を縮め、恋心を抱いていくのだが——。

フレイムヘイズに課せられた使命の塊であったシャナと、既に自身が人間でないことに悩む悠二。果たして二人の運命は、どこへ向かうのか……？

坂井悠二《さかいゆうじ》
人間の代替物・トーチとなった少年。
洞察力が鋭く、それを用いて
苦境をよく切り抜けていく。恋愛に疎い。

シャナ
フレイムヘイズの少女。
幼少期からフレイムヘイズに
なるためだけに育てられたため、
世情に疎い。

吉田仁美《よしだひとみ》
悠二に想いを寄せるクラスメイト。
内向的な性格故に
あまり感情を表に出さない。

作品解説

萌え×燃えの両輪で綴られる異能力アクション

重厚なSFアクション展開を描いた『A／Bエクストリーム』で鮮烈なデビューを果たした作家・高橋弥七郎の第二長編は、ボーイミーツガールから始まる現代異能ものだ。イラストレーターには美少女ゲームの原画家であるいとうのいぢが起用。氏はその後、谷川流『涼宮ハルヒシリーズ』や知念実希人『天久鷹央の推理カルテ』など多数の作品で挿絵を担当することになるが、この『灼眼のシャナ』がライトノベルにおけるイラストのデビュー作となった。

そんな本作の魅力は、前作に引き続き、作り込まれた骨太な設定とストーリーによるアクション描写＝燃え要素がしっかりと土台として存在する上に、自身の身の丈ほどある太刀を操って敵を薙ぎ払っていく美少女・シャナという萌え要素が存在することだ。学園異能力アクションに滾りながら、ツンデレ美少女とのラブコメも楽しめる。そんな物語としての面白さと、キャラ萌えというインパクトが多くの読者の心を掴んだのである。

なお、本作は序盤こそ学園ラブコメ×シャナと悠二の共闘展開が描かれるが、紅世の徒の大集団・仮装舞踏会《バル・マスケ》が登場してからは一転。悠二が紅世の徒とフレイムヘイズの戦いを終わらせるべく、仮装舞踏会側につき、シャナと敵対する展開が描かれるのだ。その決着シーンは涙しでは語れないので、ぜひ最終巻まで読み進めてほしい。

なお、高橋弥七郎は本作完結後、やはり学園アクションものの『カナエの星』を刊行。こちらも秀作なので、ぜひ一読を。

034

学園SF

〈涼宮ハルヒ〉シリーズ

著：谷川《たにかわ》 流《ながる》

イラスト：いとうのいぢ

2003年6月〜
角川書店〈角川スニーカー文庫〉
既刊13巻（長編7巻／短編集6巻）

STORY

「ただの人間には興味ありません。この中に宇宙人、未来人、異世界人、超能力者がいたら、あたしのところに来なさい。以上」——。高校入学早々、自己紹介でそう告げた少女・涼宮ハルヒ。彼女は、容姿端麗な見た目とは裏腹に、この挨拶をはじめとした突飛な行動が災いして、クラスから孤立していた。そんなハルヒに好奇心から声を掛けたクラスメイトのキョンは、ただの人間でありながら、彼女の持ち前の行動力から突飛な言動に巻き込まれてしまう。

まず手始めに、宇宙人や未来人、異世界人、超能力者を探し出すことを目的とした団体の設立だった。ハルヒはキョンを引き連れて部員が一人となっている文芸部の部室を占領。その部員である長門有希も巻き込んだり、上級生の朝比奈みくるを拉致したり。さらには5月という中途半端な時期に転校してきたことだけを理由に同級生の小泉一樹を加入させ、SOS団を発足させるのだった。しかし、長門やみくる、小泉はハルヒが探している宇宙人や未来人、超能力者その人であった。キョンはその事実を知り、混乱するが——？

登場人物

キョン
平凡な高校生。
SOS団では唯一の一般人。
なお、キョンはあだ名。

涼宮《すずみや》ハルヒ
傍若無人な美少女。
非日常を求めて、
さまざまな騒動を起こしていく。

長門《ながと》有希《ゆき》
対有機生命体コンタクト用
ヒューマノイド・インターフェース。
時空に干渉することができる。
無表情。

朝比奈《あさひな》みくる
ハルヒを監視するためにやってきた未来人。
巨乳。
天然で、常にオドオドとしている。

小泉《こいずみ》一樹《いつき》
超能力者。
ハルヒのイエスマンとなっている好青年。
非日常な出来事の解説役を担う。

作品解説

学園SFコメディの金字塔

ライトノベルの金字塔を挙げるのであれば、本作の名前は真っ先に連想されるのではないだろうか。それほどに、ゼロ年代の読者から絶大な支持を集めた学園SFコメディが本作である。その一因として京都アニメーションによるアニメシリーズの完成度の高さが挙げられるが、それもやはり原作小説のクオリティの高さがあってこそ。タイトルやアニメは知っているけれどまだ読んだことはない、という方こそぜひ手に取ってほしいタイトルだ。

そんな本作の軸となるのは、キョンとハルヒが織り成す学園生活である。そこにギミックとして、ハルヒの精神状態と連動する異空間や、長門やみくるによる時間ギミック、小泉の異能力といった要素が加わり、味わったことがないような唯一無二の青春模様が描かれるのだ。傍若無人なハルヒに巻き込まれていくだけかと思えば、いつの間にかキョンはハルヒが引き起こす非日常に憧れていて、病みつきになってしまう、というところまで、読者の感情がリンクするポイントとなっている。

そんな本作は各巻でテイストが異なっていることも特徴の一つだ。例えば第1巻『涼宮ハルヒの憂鬱』は出会いのエピソードとして、SFギミックも満載。第4巻『涼宮ハルヒの消失』ではハルヒが力を失った並行世界に移動したキョンが、元の世界に戻るべく奮闘する様が描かれる。また、短編集となる第6巻『涼宮ハルヒの動揺』では、学園祭の日常が描かれるなど、巻によって様々なハルヒの日常が楽しめるのも面白い。

035

学園コメディ

撲殺天使ドクロちゃん

著：おかゆまさき
イラスト：とりしも

2003年6月～2007年10月
メディアワークス〈電撃文庫〉
全10巻

STORY

普通の中学二年生として生活を送っている少年・草壁桜はある日、自身の机の中から現れた天使・ドクロリル・ジャスティリアと出会う。彼女によると、桜は将来「ロリコンの世界」を作るための研究を行い、世の中の女性の外見年齢を12歳で止める代わりに不老不死にするという技術を開発するのだという。幼女の外見で留めることはまだしも、寿命のない不老不死の社会が訪れてしまっては、人間が神の領域に近づいてしまう。このことを危惧した「天使による神域厳戒会議」は桜を危険人物と認定。彼を抹殺するために、天使のドクロリル――通称ドクロちゃんを派遣してきたのだった。

ドクロちゃんは桜に不老不死技術を作らせないため、勉強の妨害を敢行。しかし、日々を一緒に過ごしているうちに、桜に対して好意を抱き始めてしまう。桜を殺さなければいけないけれど、大好き。そんなドクロちゃんは、魔法のアイテム・エスカリボルグで桜を撲殺した後、「ぴぴるぴるぴるぴぴるぴ～♪」と謎の擬音を唱えて彼を復活させる。

登場人物

草壁桜《くさかべさくら》
理科が得意な中学生。
将来、とんでもない発明をしてしまう。
一人交換日記が密かな楽しみ。

ドクロちゃん
桜を抹殺するため未来からやってきた天使。
恥ずかしがり屋で、
感極まるとエスカリボルグを振り回す。

作品解説

読者を抱腹絶倒の渦に包み込むギャグラブコメ

「ぴぴるぴるぴるぴぴるぴ〜♪」と文字で書いても、大体の方は意味が分からないはずである。これは桜の復活の呪文であり、一冊を読む中で確実に何回も目にする文字列である。感情が昂ってしまうとエスカリボルグで桜を撲殺してしまうドクロちゃん→しかし桜のことが大好きなドクロちゃんは彼を復活させる→しかし桜のことが大好きということは、ちょっとした動作でもドキドキしてしまう→ドキドキしてしまったら感情が昂って……というエンドレス展開なのだが、そのサイクルが回る間にも次々笑える展開を放ってくることが、本作の独自性であった。

コントのような笑えるシーンの連続という意味でいえば、阿智太郎『住めば都のコスモス荘』をはじめ、多くの作品が敢行されているが、本作で特筆すべきはそのボケとツッコミの完成度である。文字で読者を笑わせることは実際の漫才やコント以上に難しいものだが、桜とドクロちゃんのやりとりにはきっと誰もが腹を抱えて笑ってしまうはず。ですます調の丁寧な口調と唐突な残酷描写のギャップも楽しいシリーズである。

また、本作を語るなら触れておきたいことが、おかゆまさきだけではなく他の作家も参加したトリビュートアンソロジー『撲殺天使ドクロちゃんです』が刊行されていること。谷川流や時雨沢恵一、高橋弥七郎ら八名とおかゆが『ドクロちゃん』の新たな短編を執筆している。本編を読んでキャラクターや世界観を掴んだ方には、ぜひ他の作家による『ドクロちゃん』も読んでいただきたい。

036

現代ファンタジー

しにがみのバラッド。

著：ハセガワケイスケ
イラスト：七草《ななくさ》

2003年6月～2010年7月
メディアワークス〈電撃文庫〉
全13巻＋外伝3巻

STORY

死神のライセンスIDはAの一〇〇一〇〇号。それ故にモモと名付けられた少女は、死神でありながら白い服装に身を包んでいることで仲間からはディス（変わり者）と呼ばれていた。そんな出立ちではあるものの死を司る彼女は、地球上の様々な人々と出会い、その死にまつわる出来事へ首を突っ込んでいく。

偉大な画家の父から自身も絵描きとして生きることを強要され絶望している少年に、病気を抱えている少女と一緒に秘密で猫を飼うことになった幼なじみの少年……。

本来、人間に関わってはいけない死神ではあるが、モモは巨大な鎌と相棒の黒猫・ダニエルとともにどんどん人間と交流を深めていく。本当はやってはいけない延命に手を貸したり、死者からのメッセージを伝えたり。それによって救われる人がいるなら、モモはアクションを続けていくのだ。

そんなモモにはそっくりな容姿をした死神がいた。彼女の名前はアン。果たしてモモとアンの関係性とはいったい――？

登場人物

モモ
死神の少女。
死神の仕事の範疇を超えて、
ついつい人間におせっかいを焼いてしまう。
泣き虫。

ダニエル
羽根の生えた黒猫。
モモに仕えている。

作品解説

詩的な文章が特徴的な涙を誘う連作短編集

人は必ず死を迎える。いたって当たり前のことではあるのだが、幼少期にその事実を知ったとき、恐怖を覚えた経験はないだろうか。死んでしまうと喋れなくなるし意識もなくなる。果てに今動かしている肉体も（日本に住んでいれば）燃やされ、骨となって地中に埋められる。そんな怖さを思春期の少年少女の目線とともにコミカルに描いたのが、本作『しにがみのバラッド。』ではないだろうか。

死神の少女・モモと相棒の使い魔・ダニエルが登場する物語ではあるが、基本的には一編ずつ登場キャラクターは異なる。人の生死に纏わる現場をモモたちが訪れて、悩む少年少女と交流していく。最初こそ死をすんなりと受け入れられないものの、モモたちの働きによって当事者たちは前を向くことができるようになっていく。その様をリズムが美しい詩的な文章で描くことで、読者は自然と世界に引き込まれ、キャラクターたちの生死を親身に考えることができるのだ。

ちなみにイラストレーターを山本ケイジに変えた番外編『シニガミノバラッド。アンノウンスターズ』は本編とは完全にテイストが異なる学園コメディ。本編の雰囲気が好きな方はご注意あれ。

そんな本作は少年向けライトノベルレーベルの電撃文庫では珍しく、少女マンガ誌「ＬａＬａ」でのコミカライズや朗読ＣＤ付き単行本が発売。アニメ化のほか、テレビ東京では連続ドラマ化もされた。新たな読者層に向けたメディアミックスが模索されていた証としても注目したい作品だ。

037

人間ドラマ

半分の月がのぼる空

著：橋本《はしもと》 紡《つむぐ》
イラスト：山本《やまもと》ケイジ

2003年10月～2006年8月
メディアワークス〈電撃文庫〉
全8巻
※新装版となる文藝春秋〈文春文庫〉版では全4巻

STORY

A型肝炎を患って入院した高校生・戎崎裕一は、退屈な入院生活にストレスを感じては夜な夜な病院を抜け出し、看護師の谷崎亜希子に怒られるという日々を過ごしていた。そんなある日、裕一は亜希子から昨晩も病院から抜け出したことを黙認する代わりに、同じく入院している少女・秋庭里香の話し相手になってほしいと依頼される。里香は既に亡くなった父親と同じ心臓病を患っていて、幼い頃から入院生活を送っていた。その生活が災いして、彼女の性格はとてもわがままなものに。医師や看護師まで振りまわされる始末である。祐一は、そんな里香と話し始め、徐々に距離を縮めていく。遂には誰にも見せなかった笑顔を、里香は裕一にだけ見せるようになっていた。

しかし、里香は自らが死ぬ日が近いことを悟っていた。その事実を告げられ、裕一は戸惑ってしまう。どうしたら彼女を生かすことができるのか。またあの笑顔を見ることができるのか？ 裕一は熟考の末、里香とともに病院を脱走。彼女の思い出の地である砲台山に向かう。

登場人物

戎《え》崎《ざき》裕《ゆう》一《いち》
平凡な高校生。
高校を卒業したら
伊勢を出たいと願っている。

秋《あき》庭《ば》里《り》香《か》
幼い頃から入院している女の子。
読書好き。
わがままな性格で、裕一を振り回す。

作品解説

異能もSFも一切なし。号泣必至の難病もの

難病によって命を失うことになる、というシチュエーションはいつの時代も読者の心を掴むラブストーリー──の定番だ。ライトノベルでも、折原みと『時の輝き』といった先行作が存在していたが、ライトノベルの雄である電撃文庫から異能もSFもファンタジー要素もない難病もののラブストーリーが生まれたことは、当時話題となった。内容を見てみれば、病気以外の要素はなんてこともない、普通の少年少女が惹かれ合う等身大の物語である。ただ、その二人の関係性を病気という重大要素が変動させていくのである。不治の病に触まれた里香と、軽い病気で入院した裕一が歩むのは、いつ里香の容態が悪化するのか分からないという不安定な日々だ。時に大喧嘩したり、時には会うこと自体を禁止されたり。病気によって二人の仲が引き裂かれそうになるものの、二人は相手のことを想って、再び立ち上がっていく。そんな純粋な気持ちに満ちたボーイミーツガールが本作なのだ。

著者である橋本紡の故郷・三重県伊勢市を舞台とした本作は、実写映画版の公開と同時期に刊行された単行本版にて全編をリライト。裕一たちが伊勢弁を操るようになり、よりリアルな高校生たちの物語といった趣となった。現在では文春文庫版も刊行されており、そちらの方が初版の電撃文庫版よりも手に取りやすいはずだ（ただし初版における第6〜8巻相当は抜けているので注意）。ぜひ、本作を手に取って、二人が現実に対してどのように向き合っていくのか、その行方を見届けてほしい。

038

後宮

彩雲国《さいうんこく》物語

著：雪乃紗衣《ゆきのさい》

イラスト：由羅《ゆら》カイリ

2003年10月～2012年3月
角川書店〈角川ビーンズ文庫〉→角川書店
全19巻（長編全18巻／連作短編集1巻）＋外伝4巻

STORY

彩雲国の名家に生まれながらも貧乏な暮らしを余儀なくされていた紅秀麗は、官吏になることを夢見ていたものの、女として生まれたがために試験を受けることが叶わなかった。しかし、金五百両という高額報酬に惹かれ、貴妃として後宮に入り、国王である紫劉輝の教育係を務めることになってしまう。紫劉輝は即位以来、半年間も政務を放棄するほど、政治に興味を持っていなかった。しかし、秀麗はそんな彼と関わるうちに、政務を執行させるまでに変化させていく。

そうして役目を終えたと感じ後宮を去った秀麗だったが、凄腕な彼女のことを誰も見過ごすはずがない。秀麗が人手不足となった宮廷で代役として働く最中、彼女への好意を寄せるようになった劉輝や王の側近である絳攸らが尽力し、なんと国司への受験が認められることになったのだ。そして見事国試に合格した秀麗だったが、異例の女性官吏誕生に対して世間の反応は冷ややかで……。

キャリアの浮き沈みもありながら、果敢に生きる紅秀麗の運命やいかに。

登場人物

紅秀麗《べにしゅうれい》
名家のお嬢様。
節約家で、庶民に近い金銭感覚を持つ。
明るいしっかり者で、
困っている人を放って置けない。

紫劉輝《しりゅうき》
若き国王。
ある理由からバカのふりをしていたが、
その実は切れ者。
やや天然。

作品解説

ラブロマンスより立身出世を選ぶ後宮ファンタジー

後宮ものといえば、酒見賢一『後宮小説』をはじめ、多くの作品が描かれてきたジャンル。中華風の世界観で、王様が牛耳る後宮を舞台に繰り広げられる壮大な人間関係とドラマが魅力の作品群だ（中華風世界観で宮廷が登場するという意味では『十二国記』も該当するか）。本書で紹介している作品だと、後に登場する『薬屋のひとりごと』もこの系譜に該当するが、その中でもラブロマンスではなく主人公・紅秀麗の立身出世をメインに据えた本作をぜひオススメしたい。

第1巻こそ紅秀麗と紫劉輝のラブロマンスの様相を成すものの、王妃の座を蹴ってからが本番戦。元々夢であった官吏の道を選び、努力と才能で男たちがのさばる国政の中心へと向かっていく。逆ハーレム展開も巻き起こるものの、そこより仕事ものとしての物語を重視。紅秀麗が鮮やかにライバルを蹴散らし、難題をクリアしていく描写は爽快感すら感じさせる。働き方が変わりつつあったゼロ年代中盤に着目して描いた点にも注目したい。

なお、本作は2011年に刊行された第18巻『紫闇の玉座』下巻で完結。連作短編集となるハードカバー『彩雲国秘抄 骸骨を乞う』を2012年に上梓して、『彩雲国物語』は幕を閉じた（後に角川文庫に所収されているが、レーベルの移籍だけで新作はない）。著者の雪乃紗衣は2014年には魔女家の名代である少女を主人公としたファンタジー『レアリア』をスタート。『レアリア』以降はライト文芸や一般文藝に軸足を移して活動している。

039

SF

塩の街
wish on my precious

著：有川浩《ありかわひろ》
イラスト：昭次《しょうじ》

2004年2月
メディアワークス〈電撃文庫〉
全1巻
※新装版となる角川書店〈角川文庫〉版では全1巻

STORY

突如として空から巨大な塩柱の結晶が落下してきた世界。それと同時に人々は身体が塩化してしまう「塩害」という災害に苦しめられていた。インフラも崩壊し、どんどんと人口が減っていく世界。それでもなお、果敢に生きようとする人々は確実に存在した。

塩に埋め尽くされた崩壊寸前の東京で暮らす女子高生・小笠原真奈もその一人。塩害によって両親を亡くし、暴漢に襲われそうになっていた彼女は、元航空自衛隊二等空尉の秋庭高範に助けられ、二人で暮らすようになっていた。そんな二人の前には、さまざまな人物が現れる。幼なじみの女性が変化してできた塩でいっぱいになったリュックサックを背負った男や、ヤケになって真奈を襲おうとする刑務所からの脱走犯。さらには高校時代の秋庭の同級生にして、陸上自衛隊立川駐屯地司令の入江慎吾までもが現れ、二人に「世界とか、救ってみたくない？」と囁くのであった――。

そして秋庭は急遽、塩害から世界を救う戦いに出撃することに。胸に秘めた真奈の秋庭への想いが伝わる日が来るのか。果たして――。

登場人物

小《お》笠《がさ》原《わら》真《ま》奈《な》
女子高生。
優しく健気な性格だが、
一度決めたら譲らない頑固な一面も。

秋《あき》庭《ば》高《たか》範《のり》
元航空自衛隊二等空尉。
正義感が強く、真奈の保護者役となった。

作品解説

ライトノベルの読者の幅を広げた大人向けラブコメ

後に『図書館戦争』や『空飛ぶ広報室』など多数の作品を執筆する作家・有川ひろ（旧名・有川浩）のデビュー作にして、第10回電撃ゲーム小説大賞（現・電撃小説大賞）を受賞した本作は、塩害によって人が塩化し朽ちていく近未来というポストアポカリプス的な世界観の中で懸命に生きる少女が、元航空自衛官の男に惹かれていくラブストーリーだ。

真奈は女子高生という年齢のため、ライトノベルの読者層とも合致しており、感情移入はしやすいはず。しかし、相手役の秋庭は元航空自衛官。確かに現実的な設定ではあるが、敢えてそこを持ってくるのか!?　という第一印象のキャラクターや舞台設定が非常に斬新であった。刊行当時のライトノベルにおける作品傾向を振り返ると、主流といえば学生か異世界の王子ないし王女がメインキャラクターとなり、彼らの年齢はライトノベルのメインターゲットである中高生とほぼ同じに設定。その同時代性と感情移入のしやすさが軸となった作品が多かった。しかし、圧倒的なまでのエンタメ性を持った本作を読んだ電撃文庫の編集者は本作に対し、新人賞の大賞という名誉を与える。その結果、ライトノベルを読んで育ってきた大人層（有川もまさにその読者の一人であった）やこれまでライトノベルを子ども向けと断じていた層にまで作品がリーチし、読者の幅を広げる結果となったのだ。この本作が産んだ結果は、後の電撃の単行本（『図書館戦争』などが刊行）を経て、２００９年のメディアワークス文庫創刊（ライト文芸への分岐）に繋がっていく。

040

学園異能

とある魔術の禁書目録《インデックス》

著：鎌池和馬《かまちかずま》

イラスト：灰村《はいむら》キヨタカ

2004年4月〜
メディアワークス〈電撃文庫〉
既刊61巻
（長編第一部22巻／新約全23巻／創約既刊11巻／短編集5巻）

STORY

超能力が科学によって解明された世界。超能力を科学的に開発し、能力者を育成する巨大な学園都市に住まう高校生・上条当麻は、不幸を呼び寄せる体質のレベル０（無能力者）であった。

夏休み初日、当麻は、自分の部屋のベランダに引っかかっていた白いシスター服を着た少女と出会う。インデックスと名乗るその少女は、この世界には魔術が存在していることと、自身が十万三千冊の魔導書を記録していること、それ故に魔術師から追われていることを明かす。科学が発展したこの時代に魔術なんて存在しない！　当麻はインデックスの話を信じられずにいたが、彼女を狙う魔術師・ステイル＝マグヌスが眼前に現れてからは一転。彼女を守るべく、レベル０でありながら右手に宿る能力・幻想殺し《イマジンブレイカー》を駆使して、敵に立ち向かっていく。

一方、学園都市ではそんな当麻やインデックスをよそにレベル５（高能力者）である御坂美琴や一方通行たちを中核にした陰謀が渦巻いていて……。学園都市の裏側で行われた凄惨な事件にも、当麻は絡むことに。

登場人物

上条当麻《かみじょうとうま》
平凡な男子高校生。
右手には異能を全て打ち消す
「幻想殺し」が宿っている。
熱血漢。

インデックス
シスター。
脳内に十万三千冊の魔導書を宿す。
上条の部屋に居候している。

御坂美琴《みさかみこと》
お嬢様学校に通う中学生にして、
レベル5の一人。
上条に対してはいつもツンツンしている。

一方通行《アクセラレータ》
レベル5の一人。
触れたもののベクトルを変える能力を持つ。

作品解説

魔術と科学が交差して始まる超弩級の異能アクション

平凡で何の能力も有していないもの の（全ての能力を無効化する幻想殺しだけ）、持ち前の直向きな性格で何事にも全力でぶつかっていく、熱血ヒーローな上条当麻の姿を描いたSF群像劇が、本作だ。この熱血さが読者の心を射止め、シリーズ累計三千万部超、コミカライズ、アニメ化、ゲーム化など、様々なメディアで展開されるライトノベルの代表格にまで成長させた。

本作の特徴は、まずキャラクターがとにかく魅力的であること。先に触れた主人公の当麻はもちろん、幼くて可愛らしいものの秘密をたくさん抱えているインデックスや、ツンデレな高能力者の御坂美琴、学園都市第1位の能力を有する捻くれ能力者の一方通行など一癖も二癖もあるキャラクターが登場。各巻前半部コメディパートでは彼らのパーソナルを知りつつ、後半部のシリアスパートでは当麻との戦いによってまた新たな一面が垣間見えるという構成で、よりキャラクターのことが好きになっていくことも、本シリーズの魅力だ。基本的には三人称で描かれながら、時折様々なキャラクターにフォーカスしていく地の文もどこか心地よい。とんでもない日常を送りながら、いつしか当麻が世界の命運を揺るがす大事件に巻き込まれていく様子が、面白いのだ。

そんな本作は、美琴を主人公にしたマンガ『とある科学の超電磁砲《レールガン》』などスピンオフコミカライズも豊富。そもそも本編だけでも50巻越えという大ボリュームの作品だが、世界観の全貌を把握するためにはこちらも併読あれ。

041

青春群像劇

デュラララ!!

著：成《なり》田《た》良《りょう》悟《ご》

イラスト：ヤスダスズヒト

2004年4月～
メディアワークス〈電撃文庫〉
既刊18巻（長編第一部13巻／長編第二部4巻／短編集1巻）

STORY

東京・池袋。都会の非日常に憧れる少年・竜ヶ峰帝人は、来良学園への進学を機にこの街で一人暮らしをすることに。初めての東京に心を奪われる帝人であったが、幼なじみであり池袋に彼を呼んだ張本人である紀田正臣はある忠告をする。それは平和島静雄と折原臨也、そして詳細不明のギャング、ダラーズには関わらない方がいいというものだった。そんな忠告を受けた矢先、正臣に誘われるままに池袋を散策していた帝人は、都市伝説として噂される存在・首なしライダーを目撃してしまう。漆黒のバイクに跨るそれを目撃した日からというもの、帝人は次々と非日常の出来事に引きずり込まれるのだった。

池袋には帝人だけではなくアクの強い人物がいっぱい。池袋一強い男に情報屋、闇医者、ストーカー、正体不明の殺人鬼にチンピラ、そして首なしライダー。彼ら彼女らが巻き起こす事件に巻き込まれていく帝人は、果たして平穏な高校生活を送れるのか——？ それとも、彼が望んだ通り、田舎では味わえない予測不可能な青春が待っているのか——。

登場人物

竜ヶ峰帝人《りゅうがみねみかど》
平凡な高校生。
非日常に憧れを抱く、
内向的な性格の持ち主。

折原臨也《おりはらいざや》
新宿を拠点に活動する好青年の情報屋。
人間全てを愛している。

平和島静雄《へいわじましずお》
バーテン服とサングラスが
トレードマークの青年。
普段は物静かだが、短気で神経質。

セルティ・ストゥルルソン
「首なしライダー」と呼ばれる存在。
デュラハン。

作品解説

ハイテンションサスペンスアクションの快作

　禁酒法時代をはじめとした各年代の物語をスリリングな群像劇としてまとめた傑作『バッカーノ！』の著者・成田良悟の代表作をあげるのであれば、おそらく『デュラララ!!』であることに異論の余地はない。なんでも内包する街・池袋を舞台に、日常と非日常のコントラストを巧みに描いた青春群像劇が本作である。

　本作の第1巻が刊行された2004年はちょうど、インターネット文化の進化が目覚ましい時期。作中でもネットを介したチャットが多用されたり、オフ会文化についての記述があったりとゼロ年代の空気を内包しつつ（当時の現代日本をリアルタイムで反映しつつ）、キャラクター同士の繋がりや対立といった生の関係性を主軸に置くことで、手に汗握るサスペンスを構築した。読み進めるうちにネットと現実のスイッチングや日常と非日常の寒暖差など、対比構図に魅了されること間違いなしである。そして成田の手腕に驚くのは最終盤。これまでに描いてきた伏線という伏線をすべて回収し、物語は驚天動地の最深部に辿り着く。その感動をぜひ味わってほしい！

　そんな成田の群像劇の手腕が光る他著には、先に挙げた『バッカーノ！』のほか、『世界の中心、針山さん』や次のページで紹介している奈須きのこがシナリオを手がけたゲームのスピンオフノベライズ『Fate/strange Fake』などがある。本作の続編として発売された『デュラララ!!SH』も新世代の来良学園生の姿を描いた群像劇としてぜひ読んでいただきたい一作だ（ただし続巻がなかなか発売されないのだが……）。

042

伝奇

空《から》の境界

著：奈須《なす》きのこ
イラスト：武内崇《たけうちたかし》、森井《もりい》しづき（「終末録音」）

2004年6月～2018年1月
講談社〈講談社ノベルス〉→星海社
全3巻
※新装版となる星海社版では全3巻

STORY

ある日、邂逅した黒桐幹也と両儀式。幹也は式の不思議な眼差しに心を奪われていたが、高校の入学式で再開したことを機に、二人は仲を深めていく。しかしある日、幹也は式のもう一つの人格である織を知ることとなる。彼女は自身を殺人者だと語るのだが……。そんな折、彼らの住む街では連続猟奇殺人事件が発生してしまう。

それから三年後。約二年間の昏睡から目覚めた式は、記憶喪失と引き換えにあらゆるものの死を視ることができる直死の魔眼を手に入れる。咄嗟にその目を潰そうとした式だったが、彼女の手を止めるべく、工房・伽藍の堂の所長である蒼崎橙子が現れて――。

その数ヶ月後、取り壊しが決まった巫条ビルでは、何故か少女たちによる飛び降り自殺が多発していた。式はそのビルの上空に浮遊する少女たちを目撃するが、幹也はビルに近付いた際に昏睡してしまう。式は彼の意識を取り戻すべく、夜の巫条ビルに赴くが……？

時系列を跨いで繰り広げられる、式と周囲の人物を巡る物語。

登場人物

両《りょう》儀《ぎ》式《しき》
この世のあらゆるものの死を観測できる「直死の真眼」の持ち主。

黒《こく》桐《とう》幹《みき》也《や》
式の友人。平凡な若者だが、物を探す才能にだけは長けている。

蒼《あお》崎《ざき》橙《とう》子《こ》
「伽藍の堂」のオーナーである魔術師。メガネを付けていると穏やかな性格で、外すと冷酷な性格に。

作品解説

同人小説から生まれた新伝綺ムーブメントの火付け役

今や絶大な人気を誇るゲーム『Fate/stay night』などを手掛けたゲームブランド・TYPE－MOONの作品群。その生みの親である作家・奈須きのこの小説デビュー作となるのが本作『空の境界』である。物語は直死の魔眼という異能を持つ式を中心に、観布子市内で発生する様々な事件を解決していくというもの。事件の背景には魔術的な要素が存在し、濃密な設定に裏打ちされた事件には思わず引き込まれるはずだ。また、直死の魔眼とナイフを用いた式の迫力あるバトルシーンも見どころである。

そんな本作の初出は、奈須とイラストレーター・武内崇による同人サークル・竹箒のホームページ上に掲載されたウェブ小説としてであった（当時は『空の境界式』というタイトル）。それを書籍化する形で2001年に同人誌として刊行。それが広まり、2004年には講談社ノベルスから一般流通。怪異事件を描く伝奇小説をゲームライターが新たなフィールドにアップグレードしたという意味で、講談社ノベルスからは新伝綺ムーブメントの火付け役として刊行された。『Fate/stay night』プレイヤーからは共通する世界観や設定も楽しめるという付加価値も存在するが、純粋に小説として面白く、ライトノベルやゲームから縁遠い読者からも評価されることとなる（その表れが講談社文庫に所収される際、綾辻行人や菊地秀行、笠井潔といった錚々たる面々が解説を書いていることだろう）。そして、新伝綺ムーブメントはこの後、竜騎士07『ひぐらしのなく頃に』などの傑作を生み出していくこととなった。

043

異世界

ゼロの使い魔

著：ヤマグチノボル、志瑞祐《しみずゆう》（第21・22巻）
イラスト：兎塚《うさつか》エイジ

2004年6月～2017年6月
メディアファクトリー〈MF文庫J〉
全23巻（長編22巻／短編集1巻）＋外伝3巻

STORY

平凡な男子高校生・平賀才人はある日、ハルケギニアという名前の異世界に召喚されてしまう。彼を召喚したのは、トリステイン魔法学院の生徒でありながら魔法の才能がまるでないために「ゼロのルイズ」と呼ばれている落第生、ルイズ・フランソワーズ・ル・ブラン・ド・ラ・ヴァリエールだった。使い魔を呼ぶはずの呪文で、異世界（現代日本）から人間を召喚してしまうという失態を犯したルイズ。見慣れぬ光景に才人が混乱し続ける中、ルイズは失態を飲み込んで、彼を使い魔として認定。契約としてキスを交わすのだった。その結果、才人の手の甲には紋章が刻まれ、彼はルイズの使い魔になってしまう。さらに、わがままなルイズは才人を人間ではなく犬扱いし始めて……。

元の世界に戻りたいと考えていた才人だったが、落ちこぼれながら奮闘するルイズの側にいると徐々に彼女へ好意を抱いていく。帰りたいけど、彼女のそばにいたい。その葛藤の中で、彼はとある陰謀に巻き込まれていくのだが——？　才人の使い魔としての生活がいま、始まる！

登場人物

平賀《ひらが》才人《さいと》
平凡な男子高校生。
ルイズの使い魔。
異文化にも挫けない不屈の闘志の持ち主。

ルイズ・フランソワーズ・ル・ブラン・ド・ラ・ヴァリエール
魔法の才能が皆無とされている少女。
プライドが非常に高く、短気。
泣き虫な一面も。

作品解説

ツンデレ令嬢×異世界転移のファンタジーラブコメ

　本書において、頻出するワードの一つに「異世界」がある。ここでは我々が生活をしている世界から別の世界へ転生・転移することとして用いるが（ただ、現代日本とは別の世界が舞台である物語はファンタジーなどと呼称）、その特異点となったのが本作『ゼロの使い魔』である。――といっても、ここまで『異次元騎士カズマ』や『十二国記』など異世界転移ものは何作か紹介してきた。なのに、何故『ゼロの使い魔』が特異点なのか。それは、今日のライトノベルを語る上で欠かせないキャラ萌え要素をしっかりと抑え、異世界に不本意な形で召喚されたために戻るか戻らないかを主人公が悩んでいく（最初は戻りたいものの、現地で居場所ができてしまうため）……というテンプレートを生み出したのは本作だからだ。かつ、本作の二次創作小説が多数ネット上に生まれ、そこから小説投稿サイトにオリジナルの異世界転生・転移ものが生まれていったという歴史的経緯もあり、本作が現在に続くライトノベルにおいて重要なターニングポイントであったことは間違いない。

　そして本作を語るならば触れざるを得ないことが、第20巻の執筆後、著者のヤマグチノボルが夭折してしまったこと。シリーズ完結まで2巻を残す中での訃報となった。しかし二年後、氏が遺していたプロットをもとに、志瑞祐が代筆（完結までクレジットは明かさず）。最後まで才人とルイズらしい展開がしっかりと描かれ、完結を果たした。ぜひこの機会に、異世界転移ものの特異点となった作品を一読してみてはいかがだろうか。

044

学園ラブコメ

乃木坂春香の秘密

著：五十嵐雄策《いがらしゆうさく》

イラスト：しゃあ

2004年10月～2012年7月
メディアワークス〈電撃文庫〉
全16巻

STORY

容姿端麗、才色兼備なクラスメイト・乃木坂春香は、学園のアイドルである。ごく普通の高校生・綾瀬裕人はそんな彼女とは縁がなかったが、ある日訪れた図書室で彼女と遭遇する。そこで裕人は、春香のイメージとは似つかないオタク趣味の本を彼女が落とす瞬間を目撃して――。オタク趣味であることがバレたがために中学時代、クラスメイトから陰湿な目を向けられていた春香。裕人はそんな彼女がクラスメイトからオタクだとバレないよう、支えていくこととなる。

世間からのオタクへの偏見と中学時代のトラウマを理由に、自らの趣味を家族やクラスメイトに対して秘密にする春香。そんな彼女と、秋葉原やコミックマーケットでデートを重ねていく裕人。しかし、ひょんなことから、オタクに偏見を持つ春香の父・乃木坂玄冬が娘の趣味を知ってしまう。また、春香がロンドンのピアノコンクールで知り合った天宮椎菜の転入や、中学時代に春香を迫害するよう指示をしたライバル家のお嬢様・天王寺雪月花と再会し、春香と裕人の恋路にも波乱が起きていく……!?

登場人物

綾《あや》瀬《せ》裕《ゆう》人《と》
平凡な男子高校生。
事勿れ主義ではあるものの、
時折男気を見せる。

乃《の》木《ぎ》坂《さか》春《はる》香《か》
乃木坂財閥のお嬢様。
ミスコンの首位やピアノコンクールの
優勝を勝ち取るほどの才女。
オタクなドジっ娘。

天《あま》宮《みや》椎《しい》菜《な》
ピアノの腕が凄まじい少女。
運動神経もよい。
裕人のことが好き。

作品解説

ゼロ年代のオタク文化への視線を切り取った青春もの

今でこそオタク文化はカジュアルに受容されるようになっている。『進撃の巨人』や『鬼滅の刃』、『【推しの子】』など、特段オタクでなくとも深夜アニメを配信サービスで視聴することがもはやおかしいことではなくなった。しかし、十数年前（10年代前半まで）はオタク＝犯罪者予備軍と結びつけられる時代があったことは事実である。その発端となったのは、80年代の終わりに発生した東京・埼玉連続幼女誘拐殺人事件だ。この犯人へのイメージや報道内容から、その後数十年にわたって前述のようなレッテルが貼られたのである。そして、オタク趣味を持っている者は無条件にスクールカースト下位となっていた。

そんなオタク＝恥ずかしい趣味、という認識が反映された作品が本作である。

才色兼備なお嬢様・乃木坂春香は隠れオタクであり、ひょんなことからその秘密を知ってしまった主人公・綾瀬裕人との間に共犯関係が結ばれ、徐々に惹かれあっていく、というラブコメディだ。スクールカースト上位であるはずのお嬢様が、即刻下位になりかねない趣味を持っているからこそ、「完璧美少女だけど俺ら（オタク）に理解を示してくれる女神様」という構図が生まれ、読者から絶大な指示を誇ったのだ（ライトノベル読者が皆オタクというわけではないが、オタク層から人気が厚かったのは事実である）。

なお、現在は春香と裕人の娘・乃木坂明日夏をメインヒロインとした『乃木坂明日夏の秘密』が刊行中。こちらはオタクでないことを隠すヒロインとのラブコメとなっている。

045

人間ドラマ

砂糖菓子の弾丸は撃ちぬけない

著：桜庭一樹《さくらばかずき》

イラスト：むー

2004年11月
角川書店〈富士見ミステリー文庫〉
全1巻
※新装版となる角川書店〈角川文庫〉版は全1巻

STORY

鳥取県の公営団地に母・兄と暮らす女子中学生の山田なぎさは、早く大人になりたいと願っていた。早く働いてお金を得るべく、将来の夢は自衛官というリアルに満ちた進路選択をしていた彼女だったが、ある日、都会から転向してきた少女・海野藻屑と出会う。

藻屑は、人気歌手の海野雅愛の一人娘で、一人称は「ぼく」。それだけでも田舎で注目を浴びる存在だったというのに、初日から自らを人魚と呼ぶ電波っぷりを見せつけた。それ故に藻屑はすぐさま、虚言癖のあるおかしな子というレッテルでクラス中から見られるようになっていく。しかし、なぎさだけはそうではなかった。なぎさにだけ藻屑は何かと絡んできて、最初こそ鬱陶しかったものの徐々に、おかしい言動をしているけれど、どこか魅力的な彼女の様子に惹かれていく。

一方、雅愛は家で夜な夜な藻屑に対して虐待をおこなっていた。藻屑はその行為を愛情表現と称し、正当化していく。だが、雅愛の虐待行為がエスカレートすることに伴って、藻屑の身体は限界を迎える。つまり、なぎさと藻屑の別れの刻が迫ってしまい――。

登場人物

山田《やまだ》なぎさ
動物好きの女子中学生。
リアリストで不器用な性格。
早く社会に出たいと望んでいる。

海野《うみの》藻屑《もくず》
東京から引っ越してきたボクっ娘。
自称「人魚」。実父から日々虐待されている。

作品解説

少女たちの悲痛の叫びを描いた青春文学

桜庭一樹といえば、1999年に第1回ファミ通エンタテインメント大賞小説部門（のちのエンターブレインえんため大賞ライトノベルファミ通文庫部門）にて佳作を受賞しデビューした作家。最初期こそ留学生の少年と安楽椅子探偵のお嬢様による青春ミステリ『GOSICK－ゴシック－』や六本木の廃小学校を舞台とした少女たちの非合法格闘遊戯『赤×ピンク』などを発表し人気を博していたが、突如として富士見ミステリー文庫から刊行された本作によって、氏の作家人生は大きく転換していくこととなった。

本作は、女子中学生二人が出会い惹かれるガールミーツガールであると同時に（この点は『赤×ピンク』や『推定少女』など氏の作品でよく見られる）、家庭内暴力や大人への渇望、悩み、叫びなど、さまざまな悲痛の叫びを巧みに描いた青春小説となっている。なぎさと彼女の兄が山を登りながら、これまでの出来事を回想していくという構成とともに内容が評価され、桜庭一樹は一般文藝分野の出版社から多くのラブコールを受けるようになっていく（本作も単行本化の後、角川文庫に所収された）。そうして、2005年刊行の『少女には向かない職業』をきっかけに、次々と一般文藝作品を上梓。遂には2008年、結婚式を翌日に控えた女性・腐野花が養父に近親相姦された過去を回想する『私の男』で第138回直木三十五賞を受賞した。だが、直木賞作家となった後も、『GOSICK－ゴシック－』の続刊をはじめ、ライトノベル時代の読者への目配りの利いた作品が刊行されていることが嬉しい。

046

現代ファンタジー

アスラクライン

著：三雲岳斗《みくもがくと》
イラスト：和狸《わたぬき》ナオ

2005年7月～2010年2月
メディアワークス〈電撃文庫〉
全14巻

STORY

三年前に発生した飛行機事故によって、夏目智春の人生は一変した。まず、その被害者となったこと。そして、同乗していた幼なじみの水無神操緒が行方不明になったこと。しかも、操緒が智春の守護霊を自称し、取り憑くようになったこと。

高校入学を機に、智春は兄・夏目直貴が暮らしていたオンボロ屋敷に引っ越してくる。しかし、引っ越し当日にも関わらず、智春の元を尋ねてくる二人の客人がいた。直貴から託されたという銀色のトランクを渡してきた黒崎朱浬に、トランクを奪いに来たと語る嵩月奏。何が何だか分からないまま、戦いに巻き込まれた智春だったが、高校生活を始めるとともに朱浬や奏と再会。銀色のトランクには機巧魔神《アスラ・マキーナ》と呼ばれる兵器が収められていて、悪魔や巫女たちがその兵器を操ることができる智春を追っているのだという。その言葉を証明するかのように、智春の前にはこの世界が二巡目の世界だと語る第一生徒会長や奏と血縁関係のあるヤクザが襲来。智春と操緒は、次々と戦いに巻き込まれていく。

登場人物

夏目《なつめ》智春《ともはる》
幽霊が取り憑いている不幸体質の少年。
機巧魔神《黒鐵》の演操者。

水無神《みなかみ》操緒《みさお》
智春に取り憑いている少女。
面倒見がいいしっかり者。
副葬処女《ベリアル・ドール》の射影体。

黒崎《くろさき》朱浬《しゅり》
科學部の部長。
黒科学によって改造された身体を有する、
文字通り危険な先輩。

嵩月《たかつき》奏《かなで》
智春に想いを寄せるクラスメイト。
シャイな性格。
広域指定悪魔結社・嵩月組の一人娘。

作品解説

スチームパンク的要素が光る学園アクション

　人類の存亡という危機的状況に立たされつつ、学園でアクションを繰り広げたり、ラブコメをしたり……というシチュエーションは誰しも憧れるもののはず。そんな出来事をスチームパンク的な要素でアレンジしたのが本作『アスラクライン』である。悪魔に幽霊、巫女、幼なじみとこれでもかと要素を詰め込みつつ、基本的にはシリアスとコメディが同時に進行。一回世界が滅んでいて二巡目の世界とはなんなのか？　その真相が明かされていく終盤戦は、ページを捲る手が止まらないはずだ。

　そんな本作を描いた作家・三雲岳斗は、正直なところ筆者が本書でどの作品を選ぶのか最も迷った作家である。本作はもちろん設定も素晴らしいし、アクションものとして秀でている。その一方で、ゴシック的な世界観でミステリとして構築された『ダンタリアンの書架』も名作であるし、えっちな要素もさることながら異能力アクションとして語り継ぎたい『ストライク・ザ・ブラッド』もよい。そもそもデビュー作の『コールド・ゲヘナ』も傑作であるし、ライトノベルという枠組みがなければ、三雲岳斗の最高傑作は青春ミステリである『少女ノイズ』なのでは（でもそれは本書の目的とズレるのだが）……など考えた末の『アスラクライン』なのであった。つまりはどの作品も面白いので、三雲岳斗作品オススメだ、という話である。その中でも強いて挙げるのであればいろんな要素を織り交ぜつつSFファンタジーとしてまとめ切った本作。ぜひ最終巻までその物語の一部始終を目撃してほしい。

047

ファンタジー

レイン

著：吉野《よしの》匠《たくみ》

イラスト：MID

2005年10月～
アルファポリス
既刊15巻＋外伝1巻
※新装版となるアルファポリス〈アルファライト文庫〉版は既刊15巻＋外伝1巻

STORY

魔法と剣が支配するミュールゲニア大陸。その中に存在する小国・サンクワールは、大国・ザーマイン帝国から侵略を受けていた。加えて、愚王・ダグラスが貴族を優遇した政治を行なっているために兵士の士気が低く、軍は敗走を繰り返すばかり。もはやサンクワールが滅亡するのも秒読みの状況にあった。そんな状況でも上将軍・ラルファスがただ一人奮戦していたが、多勢に無勢。遂に国境目前まで攻め込まれていた。

一方その頃、自称天才剣士の上将軍・レインは、ザーマイン帝国と戦うことの愚かさをダグラス王に進言。士気を揺るがすその発言によって、自領での謹慎を命じられていた。しかし、そんな彼の元にラルファスの状態が伝えられる。ダグラス王は臣下である兵士一同を置き去りにして、戦場から逃亡。ザーマイン帝国の兵士の前に、もう負けるしかない状態となっていると言うのだ。その話を聞いたレインはすぐさま戦場へ急行。タイミングを見計らったかのように戦場に現れ、遠隔攻撃ができる青い剣で敵を薙ぎ倒していく——。

登場人物

レイン
いつも黒ずくめの格好をしている天才剣士。底なしの体力を武器に戦う。

シェルファ・アイラス・サンクワール
レインに想いを寄せる、サンクワールの王族。時折人格が豹変するときも。

作品解説

ウェブ小説黎明期に現れたファンタジー小説

パソコン通信時代より、小説投稿サイトや個人サイト上で多くのユーザーが小説を投稿してきた。ゼロ年代に入るとその数も急増。書き手も読者も右肩上がりとなっていく。そんな中で注目された作品が本作『レイン』であった。

本作の特徴は、主人公の青年・レインが世界最強であること。物語の序盤こそ自称として描かれるが、数々のアクション描写によってそれは誇張ではなく事実であることが判明していく。彼の力に匹敵する者は存在こそするものの、そこまで多いわけではない、というところも魅力の一つで、とにかく「主人公による無双展開」が楽しめるファンタジー小説として話題を呼んだ。ウェブ小説のテンプレートともいえる、俺TUEEE展開（最強の力を持つ主人公が無双をしていく展開のこと）がこの頃より存在していたことも興味深い。と言っても、レインは生まれたときから最強というわけではなく、ある理由があって力を付けたタイプなのだが……。何故彼がここまで強くなっていったのか？　その理由は読み進めるうちに判明するはずだ。

そんな『レイン』はウェブ小説の書籍化を行う出版社・アルファポリスから第1巻が2005年に刊行。その後順調に巻数と部数を重ね、コミカライズもされていたのだが、2019年に著者である吉野匠が逝去し、絶筆となってしまった。まだまだレインの活躍が楽しみなところでの中断は、作者が一番悔いるところであっただろう。しかし、熱い物語は不変。ぜひ第15巻と外伝を一気に読んで、この世界に浸ってほしい。

048

ファンタジー

狼と香辛料

著：支倉《はせくら》凍砂《いすな》
イラスト：文倉《あやくら》十《じゅう》

2006年2月～
メディアワークス〈電撃文庫〉
既刊22巻
（長編第一部全14巻／長編第二部既刊7巻／短編集全3巻）

STORY

馬車で各地を巡りながら、様々な品物を取引する行商人の青年、クラフト・ロレンス。彼は麦を取引するために訪れたパスロエ村を後にした夜、狼と耳と尻尾を持つ裸の娘が荷馬車に乗り込んでいたことに気付いた。彼女の正体は、豊作の神である賢狼のホロ。彼女はこれまで北部にある故郷を離れ、パスロエ村の麦に宿って豊作に尽くしていた神だった。しかし、近年の農業技術の発展により、自分が蔑ろにされる場面が増えたことで、遂に故郷へ戻るべく通りがかったロレンスの荷馬車に乗り込んだのだという。生まれ故郷に戻りたいというホロと、一人きりの旅に飽き飽きとしたロレンスの利害は一致し、二人は旅路を共にすることとなる。道中では、ホロが持ち前の頭脳とセンスでロレンスの商売を巧みにサポートしていく。しかし、道中で二人は様々なトラブルに見舞われていく……。

果たしてホロは故郷に辿り着くことができるのか。そして、ロレンスは一人前の商人となって、自らの店を持つことができるのか？　二人の波瀾万丈な旅路がいま、始まる——。

登場人物

クラフト・ロレンス
行商人の青年。
いつか自分の店を構えることを夢見ている。
情に厚い一面も。

ホロ
狼の化身。
古めかしい口調を操る。
人の嘘を聞き分ける耳を持つ。

作品解説

青年×賢狼が織り成す経済ファンタジー

2004年末に刊行がスタートしたブックガイド『このライトノベルがすごい！』。その第3回目となる2007年版（2006年末刊行）では、本作が第1位を獲得している。2006年にスタートしたタイトルでありながらすぐに首位を獲得していることからも、当時の熱狂的な人気が伺えるのではないだろうか。

そんな本作は著者・支倉凍砂がジャン・ファヴィエの経済書『金と香辛料』を読んだことから着想を得て、哲学と経済をテーマにした中世ヨーロッパ風世界でのファンタジー。「わっち」という特徴的な一人称を用いるヒロインのホロと、現実的な考えを話す主人公のロレンス。その関係性に惹かれながらも、経済史や商取引といった、これまであまりライトノベルで取り上げられなかった社会システムに着目した点が読者から新鮮に映った作品だった。老獪でミステリアスなホロの魅力を感じるキャラクター萌え的な読み方と、為替や先物取引を行うことで生じる読み合いが融合し、なんとも言えない唯一無二の読後感を生み出している。

本作はテレビアニメ化ののち、2011年に完結。2016年から聖職者を志す青年、トート・コルと、ホロとロレンスの娘であるミューリを軸とした新章『新説狼と香辛料 狼と羊皮紙』がスタート。それと同時に、ホロとロレンスの旅の続きの物語となる『狼と香辛料SPring Log』も開始した。海外での人気に後押しされ、2024年には新作テレビアニメも放送。シリーズ開始から20年を目前としても、まだまだ『狼と香辛料』の人気は留まるところを知らない。

049

学園ラブコメ

とらドラ!

著：竹宮《たけみや》ゆゆこ

イラスト：ヤス

2006年3月～2010年4月
メディアワークス〈電撃文庫〉
全13巻（長編10巻／短編集3巻）

STORY

父親譲りの目つきの悪さが災いして、イメージだけで不良として恐れられていた高須竜児は高校二年生に進級。親友である北村祐作のほか、以前から好意を寄せていた女子ソフトボール部キャプテンの櫛枝実乃梨とクラスメイトとなる。

ある日、竜児は学園中から「手乗りタイガー」の異名で恐れられており、実乃梨の親友でもあるクラスメイトの逢坂大河と邂逅を果たす。大河は北村に恋心を抱いており告白しようとしていたが、間違えてラブレターを竜児のカバンに入れてしまっていたのだ。しかも、封筒の中身は何も入っていない状態で……。大河はラブレターが読まれたと勘違いし、深夜、高須家に木刀を持って殴り込む。だが、このやりとりがきっかけとなり、二人は「お互いの恋を応援する共同戦線」を張ることに。

竜児は北村と大河の仲を取り持ち、大河は竜児と実乃梨の仲を取り持つ。そうしてできた相互扶助関係だったが、ひょんなことから竜児は大河のことを意識し始めてしまい……。

登場人物

高《たか》須《す》竜《りゅう》児《じ》
目つきが鋭く、初対面の人には不良と勘違いされている高校生。真面目な性格で、几帳面。家事が得意。

逢《あい》坂《さか》大《たい》河《が》
低身長の美少女。わがままで短気のため、気に入らない相手にはすぐ噛み付く。ただし基本はドジっ子。

櫛《くし》枝《えだ》実《み》乃《の》梨《り》
大河の親友。マイペースな熱血女子。女子ソフトボール部ではキャプテンを務める。

北《きた》村《むら》祐《ゆう》作《さく》
竜児の親友。生徒会副会長で、男子ソフトボール部部長を務める。

川《かわ》嶋《しま》亜《あ》美《み》
北村の幼なじみ。現役高校生モデルで、抜群の美貌を誇る。素は腹黒い。

作品解説

もどかしくてたまらない純愛ラブコメ

『わたしたちの田村くん』で鮮烈なデビューを遂げた作家・竹宮ゆゆこの第二長編。ツンデレなメインヒロイン・逢坂大河と、見た目に反して世話焼きな性格の高須竜児がお互いの恋路を成就させようと始まった相互互助関係は、徐々に変化。竜児は大河を、大河は竜児を意識し始めて……というところから、北村や実乃梨、北村の幼なじみである川嶋亜美の恋心まで を描く青春群像劇となっていく。本作の肝は、高校生たちが心の奥底に秘めている感情を、氏の筆致で奇を衒わずに描いていくこと。まだ大人になりきれていない高校生の心の機微をしっかりと描くことで、ツンデレ、スポーツ少女、幼なじみなどテンプレート的なキャラクター設定のあるヒロインたちの感情を鮮やかなものにしている。

そんな氏の作風はその後の作品でも健在。大学生の恋愛を描いた『ゴールデンタイム』が完結すると同時にフィールドをライト文芸、一般文藝に移し、『知らない映画のサントラを聴く』や『いいからしばらく黙ってろ！』など傑作を描き続けている。

ちなみに、『とらドラ！』のテレビアニメ版は長井龍雪監督のもと、岡田麿里がシリーズ構成、田中将賀がキャラクターデザインを担当。本作を青春群像劇として、よりクローズアップした作品に昇華した。この作品に影響を受けた新海誠は田中と親交を持ち、『クロスロード』や『君の名は。』といった作品を制作。また、長井・岡田・田中は『あの日見た花の名前を僕達はまだ知らない。』を制作するなど、特異点的作品となった。

050

ミステリ

〈“文学少女”〉シリーズ

著：野村美月《のむらみづき》

イラスト：竹岡美穂《たけおかみほ》

2006年4月～2011年5月

エンターブレイン〈ファミ通文庫〉

全12巻（長編第一部全8巻／短編集全4巻）

＋外伝3巻＋完結編1巻

STORY

高校生の井上心葉は、過去に作家デビューを飾ったものの、ある出来事から大きなトラウマを抱えるようになり、執筆活動から遠ざかっていた。しかし、ひょんなことから、彼は生粋の文学少女である先輩・天野遠子が文字通り「物語を食べてしまう」という秘密を知ってしまう。そのことを目にしたことをきっかけに、心葉は遠子が部長を務める文芸部に強制入部。彼女のおやつとなる三文噺を毎日のように書かされることとなってしまう。

そうして始まった文芸部での日々。天真爛漫で無邪気な遠子に振り回され、心葉は彼女が首を突っ込んだ様々な事件に頭を抱える羽目になる。琴吹ななせや櫻井流人、姫倉麻貴といった周囲の人物も巻き込みつつ、進行していく謎の数々。どれだけ難事件であろうとも、心葉は持ち前の頭脳で、その事件を解決に導く手助けをしていくのだった。

やがて心葉は、彼がトラウマを抱えるようになった原因を作った少女・朝倉美羽と再会して——。

登場人物

井上心葉《いのうえこのは》
天才覆面美少女作家として
デビューした過去を持つ平凡な男子高校生。
遠子のおやつ係。

天野遠子《あまのとおこ》
おしゃべりでおせっかいな先輩。
物語を食べてしまうほど愛している。

琴吹《ことぶき》ななせ
心葉のクラスメイト。
中学時代、彼に助けられてから
ずっと想いを寄せている。

朝倉美羽《あさくらみう》
心葉の幼なじみ。
中学時代までいつも彼と一緒に過ごしていた。

作品解説

名作文学を頼りに事件を解決する日常の謎

2001年に『赤城山卓球場に歌声は響く』でデビューした作家・野村美月の出世作ともいえる、文学作品をテーマにした日常の謎シリーズ。なお、野村は1996年から2001年にかけて香山暁子名義でコバルト文庫でも活躍しており、その作品には少女小説の影響も見受けられる。

そんな作品の軸となるのは、太宰治『人間失格』やエミリー・ブロンテ『嵐が丘』、武者小路実篤『友情』といった有名文学作品をモチーフとした謎の数々。謎を心葉と遠子のタッグが解き明かしていく爽快さと、文学作品に通じるテーマとミニマムな個人の心情が紐づいた解釈の仕方、キャラクターたちの恋愛模様が見事に絡み合い、独特の雰囲気を生んでいる。文学作品はどれも有名であるから読んだことがある方も多いかもしれないが、もし未読であったとしても問題はない。作中で本の虫である遠子から解説がなされるし、本作を読んで面白そうだと感じたら、そこから原典に当たってもよいかもしれない。

本編は第8巻となる『〝文学少女〟と神に臨む作家《ロマンシェ》』下巻で完結したが、その後に短編集『〝文学少女〟と恋する挿話集《エピソード》』全4巻と遠子が卒業後のエピソードを紡ぐ〈〝文学少女〟見習い〉シリーズ全3巻が刊行。そして2011年にグランドフィナーレとなる『半熟作家と〝文学少女〟な編集者《ミューズ》』が刊行された。心葉と遠子の関係性に胸がキュンキュンした方は、ぜひ本編だけではなく短編集や外伝、最終巻まで手を伸ばしていただきたい！

051

学園コメディ

バカとテストと召喚獣

著：井上堅二《いのうえけんじ》
イラスト：葉賀《はが》ユイ

2007年1月～2015年3月
エンターブレイン〈ファミ通文庫〉
全18巻（長編12巻／短編集6巻）

STORY

文月学園高等部では、科学と偶然とオカルトによって開発された試験召喚システムが採用されていた。これは学力試験の点数がそのまま召喚獣の力となるもの。学力によってAからFと学力順のクラスに振り分けられた上、学力に沿った設備がそれぞれ与えられている。このシステムによって、生徒たちは前向きにテストに臨むようになっていた。

そんなある日、稀代のバカである吉井明久は、学び舎とは到底思えない粗末な教室で、学年トップクラスの成績を誇る少女・姫路瑞希と再会する。瑞希は体調不良で試験を途中退席してしまったため、無得点扱いでFクラス入りしてしまったのだった。

流石にそのような理由でこのクラスに瑞希がいるのはおかしい。そこで明久は悪友であるFクラス代表の坂本雄二を焚き付け、試験召喚戦争によって上位クラスへの下剋上を開始。学力を上げながら、時には卑怯な戦術を駆使し、FクラスはDクラスやCクラスを次々と撃破していく。そしてAクラスへと辿り着くのだが……!?

登場人物

吉井《よしい》明久《あきひさ》
バカ。
単純で猪突猛進タイプ。
友達のためなら一生懸命になる
熱い心の持ち主。

姫路《ひめじ》瑞希《みずき》
成績優秀、容姿端麗な少女。
ほんわかとした性格の持ち主。
料理の腕は絶望的。

島田《しまだ》美波《みなみ》
ドイツ育ちの帰国子女で日本語が下手。
勝気な性格で、
明久にはよくツンツン当たっている。

木下《きのした》秀吉《ひでよし》
可憐な外見から女の子に間違えられる少年。
声真似が得意。

作品解説

学校を舞台とした特殊バトルとコメディの融合

学校を舞台としたSF的設定のバトルアクションは数あれど、コメディに全力で振った作品というと数が絞られるはず。さらにどのキャラクターにも魅力をこれでもかと押し込んだとなれば、恐らく『バカとテストと召喚獣』以上に面白い作品はないはずだ。本作は（様々な意味で）バカな主人公が、大好きなヒロインのために直走り、ときには失敗もしてしまいながら、とにかく全力でぶつかっていく展開が楽しい青春グラフィティである。

右ページでは試験召喚戦争のシステムについても触れているが、正直学力に結びついた召喚獣でバトルを行うトンデモシステムくらいに考えておけばOK。Fクラスの面々が頭を捻って、成績上位のクラス（時には上級生）に噛みついていく姿が楽しく感じるはずだ。もちろん明久をはじめとしたキャラクターたちは、コメディ一辺倒ではなく、シリアスな展開ともなれば締めるときはきちんと締めるので、思わずじんわりと涙ぐんでしまう描写も。瑞希や島田美波、木下秀吉といったヒロイン（秀吉だけ男の娘だが）たちの可愛さにも目を奪われること必至だ。

そんな本作は「このライトノベルがすごい！２０１０」にて第1位を獲得し、同時期に放送されたテレビアニメ版も大ヒット。今なお続編を希望する声も上がるほどの人気を得た。しかし、著者の井上堅二は本作完結後、学園コメディ『Lady? Steady,GO!!』や短編を執筆したのみ。漫画原作者・脚本家に転向してしまったことが惜しいところだ。ぜひまた新作を読んでみたい作家の一人である。

052

SF

人類は衰退しました

著：田中《たなか》ロミオ
イラスト：山崎透《やまさきとおる》（第6巻まで）、戸部淑《とべすなほ》（第7巻から）

2007年5月～2016年9月
小学館〈ガガガ文庫〉
全11巻（長編9巻／短編集2巻）

STORY

人類がゆるやかに衰退を迎え、はや数世紀。地球は既に人類が支配するものではなくなり、妖精さんと呼ばれる新たな生命体のものとなっていた。人々は、妖精さんと人類との間を取り持つ職業・調停官を創設。各地に調停官を置くことで、円滑に生活できるように計画する。

その一員となった「わたし」は故郷であるクスノキの里に配属。調停官の先輩でもある祖父からその職を学びながら、妖精さんと人類の間を取り持つ役目を担うこととなった。しかし、調停官という職業は、妖精さんへ過度に干渉せず、その姿を守るような存在であると祖父から説明され、「わたし」は何をどうしていいのか分からない。よく分からないままに妖精さんたちとコンタクトを取り始めた「わたし」は、彼らの不思議な生態系と、彼らが引き起こす奇妙な出来事に驚かされる。

祖父の助手である少年（助手さん）とともに、その日から彼女の生活は、驚きに満ち溢れた非日常へと変化していくのだった。

登場人物

わたし
クスノキの里の調停官。
押しに弱く、妖精さんや旧人類のお願いを容易に引き受けてしまう。

おじいさん
「わたし」の祖父にして上司。
妖精さんや旧人類に対して豊富な知識を有する。

助手《じょしゅ》さん
全く喋らない「わたし」の補佐役。
スケッチブックで意思疎通を図る。

作品解説

「すこしふしぎ」なSFコメディ

小学館のライトノベルレーベル・ガガガ文庫の創刊ラインナップとして放たれたSFコメディ作品。ガガガ文庫はサブカル系作品を得意としていたマンガ誌「IKKI」の流れを汲むレーベルであり、創刊初期は当時のライトノベルのトレンドである萌えや異能力アクションよりも、異業種からの尖った作品をリリースする傾向が強かった。著者の田中ロミオも例に漏れず、元々は美少女ゲームのシナリオライターとして名を馳せていた存在。特に『CROSS†CHANNEL』は傑作の呼び声が高い（現在は後にシナリオを手掛けた『Rewrite』の方が知れ渡っているが）。そんな田中の小説処女作となる『人類は衰退しました』は、牧歌的なイラストや語り口とは裏腹に、ブラックジョークやパロディが炸裂するシュールなSFとなっている。妖精さんのコミカルな動きと、それに翻弄される「わたし」を始めとした人類のあたふた具合が面白い、ディープな『キノの旅 the Beautiful World』といった趣の「すこしふしぎ」な作品になっている。

なお、本著では一作家一作縛りとまえがきで触れたため単独項では紹介できなかったが、田中によるガガガ文庫作品では『AURA～魔竜院光牙最後の戦い～』も大傑作。厨二病に囚われた少年少女の痛さと青春の衝動をド直球に捉えた作品となっていて、本作とはまた異なる爽やかな感動を得られること間違いなしだ。単巻完結となっていて読みやすいため、こちらもぜひ『人類は衰退しました』と併せてオススメしたい！

053

ミステリ

嘘つきみーくんと壊れたまーちゃん

著：入《いる》間《ま》人《ひと》間《ま》

イラスト：左《ひだり》

2007年6月～2017年6月
メディアワークス〈電撃文庫〉
全12巻（長編11巻／短編集1巻）

STORY

八年前、死者二名を生んだ誘拐事件の生き残りである少女・まーちゃんこと御園マユは、同じく八年前の事件の生き残りである少年・みーくんを探していた。ある日、偶然家にやってきたみーくんと再会を果たし、まーちゃんは彼と同居生活を開始する――二人の小学生兄妹と共同で。

何の変哲もない田舎だったはずの町は、二人が犠牲になった事件――小学生兄妹失踪事件によって一躍全国区に。そして、まーちゃんは誘拐されたことを機に心が壊れてしまい、みーくんに対してかなり嫉妬深く接してくるのだった。そんな町、そんな状況下で、みーくんはまーちゃんのために失踪事件と八年前の連続誘拐殺人事件の真相を解き始める。だが、その道中でみーくんは現在目の前に突きつけられている小学生兄妹失踪事件が八年前の事件とは別の出来事ではなく、延長線上にあることを突き止めてしまい……。

果たして、みーくんは壊れてしまったまーちゃんを守り切ることができるのだろうか？ そして、事件の真実とはいかに？

登場人物

みーくん
八年前に起きた誘拐事件の被害者。心に多くのトラウマを抱いている。嘘をつくのが癖。

御園《みその》マユ
八年前に起きた誘拐事件の被害者。事件の影響で精神に異常を来した。嫉妬深い性格。

作品解説

ライトノベル界に物議を醸したホラーサスペンス

本作は第13回電撃小説大賞の最終選考会において、物議を醸した問題作と喧伝された作品。これまでに紹介してきた作品のテイストとは大きく異なり、猟奇的な事件や謎を巡るサスペンスが繰り広げられるのが『嘘つきみーくんと壊れたまーちゃん』最大の魅力なのだ。主人公たちの過去やその言動から猟奇的な要素を描きつつも、ただ暗い物語が進むのかといえばそうでもなく、しかし一方で、みーくんとまーちゃんのコミカルなやり取りの中に違和感を感じさせるような、その独特な作風は、一度読めばきっと病みつきになるはずだ。

なお、本作は応募原稿段階だとみーくんの性別が女性であったという。そう考えると、当時はみーちゃんとまーちゃんによる百合的な要素も孕んでいたわけだが（その場合、トリックはどうなっていたのだろう、という好奇心もありつつ）、著者の入間人間は当時から百合に対する関心があったとも取れる。その関心は２０１３年に始まった青春もの『安達としまむら』に昇華されることとなった。

……と既に『嘘つきみーくんと壊れたまーちゃん』『安達としまむら』の二作品に言及しているように、入間の作品は傑作揃い（そして執筆速度が速いので作品数も多い！）。本書ではこの作品をセレクトしているが、本音を言うのであればサスペンス好きは本作を、青春ラブコメが好きなら『電波女と青春男』を、群像劇が好きなら『六百六十円の事情』、百合が好きなら『安達としまむら』と『人妻教師が教え子の女子高生にドはまりする話』がオススメである！

054

学園コメディ

生徒会の一存

著：葵《あおい》せきな
イラスト：狗神煌《いぬがみきら》

2008年1月～2018年7月
富士見書房〈富士見ファンタジア文庫〉
全21巻（長編12巻／短編集9巻）

STORY

私立碧陽《へきよう》学園では、生徒会の役員が人気投票によって選ばれるという独自の制度が存在した。つまりは、外見が美しいものが選ばれるミスコン方式である。男子が選ばれてしまえば、必然的に可愛い女子と同じ空間に存在させてしまうこととなるため、男子生徒も女子生徒も容姿端麗な女子生徒に票を入れ、美少女だけの空間を作ることになっていた。その結果、今期も会長の桜野くりむを筆頭に、副会長の椎名深夏、書記の紅葉知弦、会計の椎名真冬に至るまで美少女四人が生徒会メンバーに選ばれていた。

しかし、生徒会にはただ一枠だけ、学年で成績首位を修めたものが役員になることができるという優良枠が存在した。猛勉強の末、その座を獲得した男子生徒・杉崎鍵は副会長に就任。美少女四人を前に、生徒会は自らのハーレムであると宣言する。しかし、四人は杉崎をいないものとして扱い、駄弁り続けるのであった……。

今日も私立碧陽学園生徒会では、四人＋おまけ一人が、他愛もない会話をし続けている。

登場人物

杉崎《すぎさき》鍵《けん》
美少女が大好きな少年。
生徒会においてはボケ役。
美少女揃いの生徒会に入るべく、
猛勉強をした努力家。

桜《さくら》野《の》くりむ
高校三年生ながら、
体型、言動はいずれも子ども。
ただしカリスマ性は高く、人望も厚い。

紅葉《あかば》知弦《ちづる》
くりむの親友。
大人びた性格でドSなお姉さん。
その実は純粋な乙女。

椎名《しいな》深夏《みなつ》
ボーイッシュな見た目の女の子。
鍵のクラスメイト。
少年マンガが大好き。

椎名《しいな》真冬《まふゆ》
深夏の妹。
一見儚げな少女だが、毒舌を吐くことも。
インターネット廃人。
BL好き。

作品解説

かけがえのない日常を描いたコメディ

本作は主人公である杉崎鍵が執筆者として、毎日行われている生徒会の議事録を編纂した、という体で刊行されている日常ものである。壮大なテーマは特にない短編がほとんどで、お子様生徒会長の桜野くりむがどこかから拾ってきた名言を発表するのを皮切りに、彼女の幼なじみである紅葉知弦や椎名深夏、椎名真冬の姉妹など生徒会役員たちが振り回されていく……というのが基本のフォーマット。当時、マンガ『あずまんが大王』や『ひだまりスケッチ』から始まった日常系ムーブメントをライトノベルに取り入れたらどうなるのか？　というアイデアを採り入れたかのような、縦横無尽でカオスな物語が紡がれる（といっても、序盤はシリアスな縦軸を用意しようとした痕跡もあるのだが、日常ものに寄っていくのも「週刊少年ジャンプ」のテコ入れ展開のようで面白い）。有名マンガやアニメのパロディに始まって、ボーイズラブネタや異世界召喚など、ゼロ年代のオタク文化を煮詰めたような展開には、同時期を生きたオタクであれば確実に感情移入できるだろう。現代の若者が読むと、「こういう時代もあったんだなぁ」という生温かさが勝つかもしれないが……。

ちなみに、『生徒会の一存』から始まる『碧陽学園生徒会議事録』シリーズが本編で、『生徒会の日常』から始まる『碧陽学園生徒会黙示録』は外伝。こちらでは生徒会を飛び出して、クラスメイトと鍵や役員たちの物語が綴られる。それらを読んだ上で、感涙必至の完結編『新生徒会の一存』もぜひご一読あれ。

055

ラブコメ

俺の妹が
こんなに可愛いわけがない

著：伏見《ふしみ》つかさ

イラスト：かんざきひろ

2008年8月〜2021年9月
アスキー・メディアワークス〈電撃文庫〉
全17巻

STORY

波乱のない平凡な人生を望む高校生の兄・高坂京介と、陸上部のエースを務めるほどスポーツ万能な上にその可憐な美貌からファッション誌でモデルを務めている中学生の妹・高坂桐乃。二人は幼い頃こそ仲がよかったものの、今ではまともに挨拶すら交わさないくらい険悪な間柄になってしまっていた。

そんな中、京介は家の玄関に魔法少女アニメ『星くず☆うぃっちメルル』のＤＶＤケースが落ちているのを発見する。しかも、そのケースの中に入っていたのは、『メルル』ではなく成人向け美少女ゲーム。その持ち主が桐乃であると確信した京介は、そのままケースを彼女に返すのだった。その夜、桐乃は京介に人生相談を持ちかける。その内容とは、自身が萌えアニメや美少女ゲームが大好きであるということだった。告白を聞いた京介は、妹が共通の趣味を持つ友人を手に入れられるよう、ＳＮＳの開始とオフ会への参加を勧める。

そして無事に友人を得た桐乃だったが、ひょんなことからリアルの友人に趣味がバレてしまい――!?

登場人物

高坂《こうさか》京介《きょうすけ》
平凡な男子高校生。
世話焼きな性格で、
妹や後輩の面倒を見ている。

高坂《こうさか》桐乃《きりの》
文武両道でモデルまで務める女子中学生。
その一方、アニメやゲームが大好きな
オタクでもある。

黒猫《くろねこ》
桐乃のオタク友達。
中二病的な言動を取るゴスロリ少女。
妹の面倒をよく見る家庭的な一面も。

新垣《あらかき》あやせ
桐乃のクラスメイト。
お淑やかな少女だが、オタクに対して偏見
を抱いていて……。

作品解説

サブカルが一般層に浸透する前夜の機微を描いた一作

『乃木坂春香の秘密』が切り拓いた、オタクがテーマのラブコメディ。その新たな時代をさらに一歩進めたのが、本作『俺の妹がこんなに可愛いわけがない』、通称『俺妹』である。

　メインヒロインである高坂桐乃は、ファッション誌のモデルとして活躍するほどの美少女。教室内では、友人たちに囲まれる（ような）クラス内ヒエラルキーの高い人物として描かれている。しかしその実は、妹ものの美少女ゲームをこよなく愛するオタクだ。そのギャップによって、桐乃というメインヒロインの軸が設定されている。この構造自体は『乃木坂春香の秘密』の乃木坂春香に酷似しているが、本作は主人公とメインヒロインの関係性が兄妹であるため、大きく展開が異なっていく。『乃木坂春香の秘密』では非オタである主人公はオタクであるヒロインを肯定こそするものの、同じ領域まで足は踏み入れない。しかし本作では、家族であるからこそ、主人公も妹の趣味を理解すべく、オタク領域へと足を踏み入れていく。そこには、オタクに対して社会と断絶された犯罪者予備軍というレッテルが徐々に薄まっていき、一趣味としてオタクカルチャーが受容されるようになっていったからこそのドラマがあるようにも感じてならないのだ。

　……という成り立ちゆえに、今読み始めると少し古い物語と思う読者も少なくないはず。ただ、京介を軸に繰り広げられるラブコメ模様には、一体誰とくっつくのかと胸がキュンキュンしてしまうはず。ぜひ、ネタバレを踏まずに最終巻まで読んでいただきたい！

056

SF

GENESISシリーズ 境界線上のホライゾン

著：川上《かわかみ》 稔《みのる》

イラスト：さとやす

2008年9月～
アスキー・メディアワークス〈電撃文庫〉（本編、ガールズトーク）、
〈電撃の新文芸〉（NEXT BOX）
既刊41巻（本編第一部全29巻＋本編第二部既刊12巻）
＋外伝3巻

STORY

神代の時代を経て、地球が荒廃した未来。人々は同じ過ちを繰り返さないため、過去の出来事を記録した聖譜を制定した。記された出来事をやり直し、再び栄光の時代へと戻ろうとしたのだ。しかし、歴史再編中の南北朝動乱にて、三種の神器が失われたことで、並行して存在していた重奏世界が崩壊。現実世界と合一化する重奏統合争乱が勃発する。その結果、南北朝動乱によって疲弊していた極東側は重奏世界に敗北を喫し、日本史と世界史を同時にやり直すこととなってしまった。だが、聖譜歴1648年、自動更新されていた聖譜が停止し、世界は末世へと突入する。

そんな中、極東の武蔵では、生徒会長の葵・トーリが死んだはずの幼なじみ、ホライゾン・アリアダストに告白すると宣言。ホライゾンは自動人形のP－01sの身体に魂を宿していたが、その自動人形自体が大量破壊兵器・大罪武装だとして自害を強要されてしまった。末世を左右する大罪武装だったホライゾンを救出するため、トーリたち極東の面々は世界の名だたる国を敵に回す――！

登場人物

葵《あおい》・トーリ
武蔵の副長にして生徒会長を務める。
落ち込み知らずで、人望が厚い。

ホライゾン・アリアダスト
トーリの幼なじみ。
P-01sという自動人形の身体を得て、
再び姿を現した。
愛想がなく毒舌。

本多《ほんだ》・正純《まさずみ》
生真面目な少女。
襲名のために男性化手術を受けたが、
途中で断念。
そのため胸がない。

作品解説

壮大な世界観を描く一大叙事詩

ライトノベル史を語る上で、作家・川上稔の諸作品に触れないわけにはいかないだろう――二つの意味で。まず、その壮大な世界観と生き生きとしたキャラクターたちがいつの時代も読者を魅了すること。そして、その作品の分厚さである。

真っ先に世界観から触れておくと、処女作となる都市シリーズ『パンツァーポリス1935』から始まって、これまで発表された川上作品は全て都市世界という世界観の中にて描かれている。その中でも本作『境界線上のホライゾン』はGENESISシリーズと題し、人類が地球に戻ってきた世界を描いている（もちろん、他の作品を読んでいるとニヤリとできるポイントはあるが、基本的にはそれぞれで完結しているので単独で読んで問題はない）。そんな世界観を舞台に、膨大な登場人物が様々な行動理由でファンタジー、SF、歴史もの、政治、学園ラブコメ、アクションに至るまで、何十にも折り重なる物語を築いていくのが本作の見どころである。

しかし、その作品を読み始める一つの障害となるのが、作品の分厚さである。第1巻上巻は他のライトノベルより少し分厚い程度で始まるものの、第2巻下巻では遂に1000ページを突破。それでいて価格は普通の文庫より高いくらいなので、コスパ的にはとても助かるのだが、いかんせん持ち辛い&キャラクターの行動を覚えるので精一杯というところがオススメしにくさであった。だが、今なら電子書籍がある。分厚さを気にせず、ぜひ全29巻+続編と続く壮大な物語の一端に触れてほしい。

057

学園異能

ハイスクールD×D

著：石踏一榮《いしぶみいちえい》

イラスト：みやま零《ぜろ》

2008年9月～
富士見書房〈富士見ファンタジア文庫〉
既刊36巻
（長編第一部25巻／長編第二部既刊4巻／短編集7巻）

STORY

変態扱いされ、女の子から嫌われていた高校生・兵藤一誠はある日、黒髪美少女の天野夕麻から告白を受ける。これまで恋人いない歴＝年齢だった一誠にとって、これは人生の一大事。浮かれて初デートに赴いたものの、その帰り道、夕麻は堕天使レイナーレとしての本性を現す。レイナーレは一誠が持つ神器を恐れた堕天使組織の上層部から派遣された刺客だったのだ。そして一誠はレイナーレによって殺害されてしまった。

しかし、命が尽きる瞬間、一誠が持っていた召喚カードによって学園一の美少女、リアス・グレモリーが姿を現す。そして、一誠を悪魔として蘇生させるのだった。そこから一誠は、リアスが部長を務め、悪魔たちが所属するオカルト研究部へ入部。身の周りで起きている事象を説明されながら、悪魔としてのミッションをこなしていくこととなる。そんな中、一誠は堕天使と親しい金髪美少女のアーシア・アルジェントと仲良くなっていく。

エロ心と正義心に燃える一誠の伝説的な戦いの日々が幕を開ける。

登場人物

兵藤一誠《ひょうどういっせい》
リアスの下僕として転生した悪魔。
旺盛な性欲を活かし、
強力な技を生み出していく。

リアス・グレモリー
紅髪碧眼の悪魔。
普段は冷静な性格だが、
少しわがままな一面もある先輩。

アーシア・アルジェント
シスターであったが、
とある事件に巻き込まれ悪魔に転生。
純粋で心優しい女の子。

作品解説

中二病心をくすぐるえっちなバトルラブコメ

　ライトノベルのブックガイドという性質上、避けて通れぬのがえっちな描写のある作品だ。名作と限ると基本的には過激なラブコメ描写があれどそこが本筋ではないのであらすじや作品紹介で触れないのだが、えっちな描写が主軸となった傑作も存在しているのは事実。そういった作品群の存在をなかったことにするのも、本書の目的としてよろしくないわけである。

　という言い訳はここまでにして、本書『ハイスクールD×D』の軸となるのは、主人公の兵藤一誠とそのご主人様となる先輩、リアス・グレモリーの関係性である。様々な神話が元ネタとなった世界観で、悪魔と天使の戦いに巻き込まれた二人は、次々と敵を蹴散らしていくのだ。その物語を引き立てるのが、一誠がドスケベな変態であるということ。旺盛な性欲を駆使して強大な技を開発し、次々敵を撃破していくのだ。こんなえっちで燃える展開は見たことがない！　こんなにおっぱいおっぱいと言っているのにも関わらず、最終的には熱い物語として締めくくられるのだから……。

　そんな『ハイスクールD×D』は、現在二年生編となる『真・ハイスクールD×D』に突入。東雲立風によるスピンオフ『ジュニアハイスクールD×D』も刊行中だ。

　中二病的な要素とえっちな要素を掛け合わせた傑作としては橘ぱん『だから僕は、Hができない。』や木村心一『これはゾンビですか？』もオススメ。口絵や挿絵の肌色率も高いので、公衆の面前で読まないようにお気をつけて。

第3章

ライトノベルの広がり

第3章

ライトノベルの広がり

ゼロ年代の後半から2010年代の前半にかけて、ライトノベルは目まぐるしく動いていった。そのきっかけとなったのは、ウェブ小説の流行である。それまでライトノベル作家となるには、基本的に新人賞に投稿するのが主であった。しかし、電撃小説大賞を経由したものの『アクセル・ワールド』『ソードアート・オンライン』『魔法科高校の劣等生』がヒットしたことで、各レーベルがウェブ小説の書籍化に動き出していく。角川スニーカー文庫は『この素晴らしい世界に祝福を!』、MF文庫Jは『Re:ゼロから始める異世界生活』。同時にMFブックスやヒーロー文庫といったウェブ小説の書籍化を主に手掛けるレーベルも誕生。これまでの文脈に囚われず、かなりロングスパンの物語がどんどん描かれるようになっていった。

前述のMFブックスのように、単行本判の作品が増えていったこともトピックだ。これはまだライトノベル=文庫がメインになっていた90年代と異なって、大人向けであるから単価を上げられるとの考えから単行本レーベルが誕生。そもそもウェブ掲載時に読者数が見えていること、無料で一気に読めたものがお金のかかる媒体に移行することなどの複数要因から、ファングッズ的な立ち位置として単行本判でウェブ小説を書籍化していく流れが定着する。

もちろんオリジナル作品も負けてはいない。美少女ゲーム出身ライターによる作品がヒットしたり、斬新な切り口の青春ラブコメが生まれていったり……。アニメ制作本数の増加なども伴って、ライトノベルに俄然、注目が集まっていった時期となった。

余談ではあるが、この時期から電子書籍が普及し、ライトノベルを紙ではない手段で読むことができるようになっていく。近くに本屋がなくても、部屋が狭くて本が置けなくても。そんな状況でも読むことができる電子書籍という手段は、一気に存在感を増していくのだった。

〈この時期創刊の主要レーベル〉

GA文庫
2006年にソフトバンククリエイティブ（現・SBクリエイティブ）が創刊。代表作に『這いよれ！ニャル子さん』『ダンジョンに出会いを求めるのは間違っているだろうか』など。2016年には単行本レーベルのGAノベルも創刊。

メディアワークス文庫
2009年にアスキー・メディアワークス（現・KADOKAWA）が創刊。代表作に『ビブリア古書堂の事件手帖』『0能者ミナト』など。

このライトノベルがすごい！文庫
2010年に宝島社が創刊。代表作に『魔法少女育成計画』『ランジーン×コード』など。

オーバーラップ文庫
2013年にオーバーラップが創刊。代表作に『ありふれた職業で世界最強』『最果てのパラディン』など。

MFブックス
2013年にKADOKAWAとフロンティアワークスによって創刊されたウェブ小説書籍化レーベル。代表作に『無職転生～異世界行ったら本気だす～』『盾の勇者の成り上がり』など。

GCノベルス
2014年にマイクロマガジン社によって創刊されたウェブ小説書籍化レーベル。代表作に『転生したらスライムだった件』『賢者の弟子を名乗る賢者』など。

058

SF

ソードアート・オンライン

著：川原礫《かわはられき》

イラスト：abec

2009年4月～
アスキー・メディアワークス〈電撃文庫〉
既刊28巻（長編25巻／短編集3巻）＋外伝8巻

STORY

2022年、世界初のフルダイブ型VRMMORPG『ソードアート・オンライン』が正式リリースされた。一万人ほどのプレイヤーが初めての完全なる仮想空間を謳歌していたが、ゲームマスターであり開発者の茅場晶彦が突如としてシステムを変更。サービス初日にログインしていた一万人のプレイヤーに対して自発的なログアウトを不可能とし、ゲーム内に閉じ込めたのだった。脱出する唯一の方法は、ゲームの舞台となる浮遊城アインクラッドの最上階第百層で待ち構えるボスを倒すこと。しかし、攻略中にゲーム内で死亡した場合は即、現実世界の肉体にも影響が及び、そのまま死んでしまうことも茅場は宣告して……。

そんな中、プレイヤーの一人である少年のキリトは、パーティーを組まずにソロプレイヤーとして最前線で戦っていた。茅場の宣言から二年——。ときには最強格のギルドに所属する少女・アスナと共闘しながら、キリトは『ソードアート・オンライン』の最上階第百層で待ち構えるボスを攻略し、何としても現実世界に戻ることを決意する。

登場人物

キリト
デスゲームと化した
『ソードアート・オンライン』で戦い続けた
ソロプレーヤー。
類稀なるゲームの腕を持つ。

アスナ
芯の強い少女。
『ソードアート・オンライン』では
屈指の強さを誇るギルドの副団長を務めた。

リズベット
アスナの親友。
『ソードアート・オンライン』では
武具店を営んでいた。

シリカ
『ソードアート・オンライン』で
アイドル的人気を誇った
ビーストテイマーの女の子。

作品解説

最強主人公が無双するライトノベルの金字塔

2009年に第15回電撃文庫大賞受賞作『アクセル・ワールド』でデビューした作家・川原礫。そのプロデビュー前である2002年から、個人サイトに掲載されていた作品が本作『ソードアート・オンライン』である。その特徴といえば、主人公たちがVRMMORPGの世界観に閉じ込められてしまうこと。ゲームの世界観とはいえ、五感を完全に支配されているため、リアルな感覚で主人公たちがゲームを攻略していく様が楽しめる。川原自身、『ウルティマオンライン』や『ラグナロクオンライン』に影響を受けたと語っており、ゼロ年代前半のMMORPGらしい展開も描かれている。主人公のキリトは最初のゲームをクリアに導いた後、『アルヴヘイム・オンライン』や『ガンゲイル・オンライン』など様々なゲームに足を突っ込んでいく。そこでも持ち前の力で難事件を乗り越えていく様には思わず惚れ込んでしまうだろう。

なお、本作ではVR技術を使った展開が描かれるが、デビュー作『アクセル・ワールド』はAR技術を用いた学園アクションが展開される。また、本作の劇場アニメ『劇場版ソードアート・オンライン オーディナル・スケール』では作中ゲームで攻略したはずの敵がAR内に登場する展開が描かれる。その技術の描かれ方の違いにも注目すると面白いかもしれない。

本作の特徴の一つに、他の作家によるスピンオフシリーズがあることも挙げておきたい。時雨沢恵一や渡瀬草一郎など、錚々たる作家によるもので、シリーズ未読者でも楽しめる展開だ。

059

現代ファンタジー

這いよれ!ニャル子さん

著:逢空万太《あいそらまんた》
イラスト:狐印《こいん》

2009年4月〜2014年3月
ソフトバンククリエイティブ〈GA文庫〉
全12巻(長編10巻/短編集2巻)

STORY

高校生の八坂真尋はある日、夜道で怪物に襲われてしまう。しかし、その窮地を突如現れた謎の少女が助けるのだった。その少女とは、クトゥルー神話に登場する邪神・ニャルラトホテプその人。彼女は自身をニャル子と名乗り、宇宙人から狙われている真尋を護衛するために地球へ派遣されたのだと語る。

その出会いをきっかけに、ニャル子と真尋は行動を共にすることに。無事事件を解決し、ニャル子が帰還するか——と思われた頃、クトゥグア星人のクー子が真尋を狙って地球へ襲来。ニャル子はそれを撃退する。しかし、クー子が地球に居着くことになったため、ニャル子も八坂家に身を寄せるように。名状しがたいもの・ハスターの元となったハスター星人のハス太も八坂家に居候することとなり、ニャル子はいつしか、真尋と同居しながら、犯罪者たちを監視するようになっていく……。

クトゥルーの神々と暮らすことになってしまった真尋の未来や、いかに!? 笑いに包まれながらもシリアスな日々が幕を開ける!

登場人物

八《や》坂《さか》真《ま》尋《ひろ》
平凡な男子高校生。
普段は温厚な性格だが、
ニャル子たちに対しては
激しいツッコミを行う。

ニャル子《こ》
真尋に一目惚れしたニャルラトホテプ。
下心全開で彼にアプローチする。

クー子《こ》
無愛想・無表情・小声で喋るクトゥグア星人。
ニャル子とは幼なじみ。

ハス太《た》
照れ屋な常識神の少年。
可愛らしい見た目に似合わず、
高い攻撃力を有する。

作品解説

オタクにクトゥルー神話が広まった要因の一つ

アメリカの作家、ハワード・フィリップス・ラヴクラフトを中心に構築された架空の神話群、クトゥルー神話。日本では1950年代には翻訳され始めていたものの、1970年代になって一気にブームへ。多くの作家がSFやミステリの題材にして、栗本薫『魔界水滸伝』のような名作が生まれていた。その系譜に連なるものとして生まれたのが、第1回GA文庫大賞優秀賞受賞作となった本作『這いよれ！ニャル子さん』だ。クトゥルー神話自体が多くの作品をオマージュした内容になっているのに倣ったか、本作でも神話を元ネタとしつつ、アニメやゲーム、特撮番組などのネタを豊富に引用したコメディ展開が繰り広げられる。そのため、クトゥルー神話を知らずとも、同時代を生きていたオタクであれば分かるネタがてんこ盛りのニャル子と真尋たちのやり取りは読んでいて絶対に楽しいはずだ。なお、本作内ではクトゥルー神話を「地球を訪れた宇宙人がラヴクラフトらと接触した結果生まれたもの」として扱っており、原著に描かれた設定とは少なからず相違点が見受けられるのでご注意を。

ただ、本作のヒットを機にクトゥルー神話が新たな層から発見されたのは事実。日本国内での知名度が上がり、多くの翻訳版やオマージュした小説群、関連書籍が刊行された。現在、ライトノベルレーベルである星海社FICTIONSからも、森瀬繚訳による『新訳クトゥルー神話コレクション』全6巻が刊行中。原典に触れてから本作を読むと、新たな発見があるかもしれない。

060

学園ラブコメ

IS〈インフィニット・ストラトス〉

著：弓弦《ゆみづる》イズル
イラスト：okiura（MF文庫J版）、
CHOCO（オーバーラップ文庫版）

2009年5月〜
メディアファクトリー〈MF文庫J〉（第7巻まで）
→オーバーラップ〈オーバーラップ文庫〉
既刊12巻

STORY

女性のみが起動できるとされる兵器「インフィニット・ストラトス」、通称「ＩＳ」。その出現によって現代社会は男女の社会的な立場が逆転。女性のみが入学できるＩＳ操縦者育成学校が整備されるようになると、社会は女尊男卑であることがもはや当たり前になってしまっていた。そんな社会で生きる少年・織斑一夏は、ある日高校の入学試験会場を間違えてしまい、ＩＳ操縦者育成学校であるＩＳ学園の試験会場に入室。そこで男性でありながらＩＳの起動に成功してしまう。学校側も異分子を監視するため、彼を強制的にＩＳ学園に入学させるのだった。

世界で唯一ＩＳを使える男となった一夏は、全生徒からの興味の的。幼なじみだった篠ノ之箒やイギリス代表候補生のセシリア・オルコット、中国代表候補生の凰鈴音、フランス代表候補生のシャルロット・デュノア、ドイツ代表候補生のラウラ・ボーデヴィッヒ、日本代表候補生の更識簪、国籍を変えてロシア代表候補生となった更識楯無らと共に、様々な騒動に巻き込まれてしまう。

登場人物

織斑一夏《おりむらいちか》
世界で唯一、
男子でありながらISを扱える存在。
恋愛に対してはとにかく疎い。

篠ノ之《しののの》箒《ほうき》
一夏の幼なじみ。
剣道が得意なポニーテール少女。
一夏にはついツンツンしてしまう。

セシリア・オルコット
名家に生まれたお嬢様で、プライドが高い。
実力と容姿、どちらにも誇りを持っている。

凰鈴音《ファン・リンイン》
一夏の二番目の幼なじみ。
ツインテールの可愛らしい見た目に反して、
荒々しい気性の持ち主。

シャルロット・デュノア
二人目の男子IS操縦者と見られていたが、
その正体は男装女子。
優しい性格の持ち主。

ラウラ・ボーデヴィッヒ
戦う道具として育てられた女の子。
ドイツ軍時代に一夏の姉から指導を受けた。

作品解説

ロボットものにハーレム物を掛け合わせた快作

ライトノベルの歴史をここまで振り返ってみるとお分かりかと思うが、ゼロ年代の終わりとなればラブコメの全盛期である。それも基本的には主人公とヒロインの一対一ではなく、主人公一人に対して多くのヒロインが想いを寄せるというハーレムものが主流。最終的に誰を選ぶのか分かりきっているというのはさておき、それぞれのヒロインとのやり取りに胸をキュンキュンさせるというのが、ハーレムラブコメの楽しみ方だった。

一方、ライトノベルといえばソノラマ文庫初期からSFと深く結びついているジャンルでもある。そもそもソノラマ文庫の始まりはSFアニメ、『宇宙戦艦ヤマト』のノベライズ。そこから様々なギミックを駆使したSF小説が繰り広げられてきた。

その二つの流れを組み合わせたのが本作『IS〈インフィニット・ストラトス〉』である。女性専用パワードスーツを男子で唯一起動できる主人公・織斑一夏を軸に、アクションバトルとハーレムラブコメを繰り広げる内容だ。特にヒロインたちの個性が強く、テレビアニメ化をきっかけとしてそれぞれに派閥ができるほどの人気を獲得。原作の人気も跳ね上がった。

しかし、テレビアニメ第1期放送後より原作の刊行が止まり、2013年にはオーバーラップ文庫へ移籍。しかし、その後は一年に一冊ペースとなってしまい、遂には2018年に刊行された第12巻を最後に物語が止まってしまっている。第12巻のあとがきでは残り1巻と明記されており、完結の時が待ち遠しくてならない。

061

学園ラブコメ

僕は友達が少ない

著：平坂読《ひらさかよみ》

イラスト：ブリキ

2009年8月～2015年8月
メディアファクトリー〈MF文庫J〉
全12巻

STORY

聖クロニカ学園に転入してきた羽瀬川小鷹は、初日から遅刻。加えて自身のくすんだ金髪という髪色が災いして、クラスメイトから不良だと勘違いされ、クラスの中で浮いてしまう。だがある日、同級生の三日月夜空が教室で一人、楽しげに会話している光景を目撃。本人曰くエア友達と会話をしていたそうなのだが、彼女は自分と同じく友達がいない小鷹を見たことで、友達を作る部活である隣人部を創設する。

　すると隣人部には、高飛車お嬢様な柏崎星奈や変人発明家として有名な志熊理科、「しんのおとこ」を目指す楠幸村、小鷹の妹で中二病患者の羽瀬川小鳩が入部してくる。そして顧問には、飛び級した幼女のシスター・高山マリアが就任。誰がどう見ても美少女でありながら友達がいない、残念な生徒たちが部室に集うようになる。

　そんな彼女たちと、小鷹は友達を作るためと称して、部活動を続けていく。その日々の中で、彼は彼女たちとの関係性を思い直す瞬間が来るのだが……？　恋の行方やいかに。

登場人物

羽瀬川小鷹《はせかわこたか》
日本人とイギリス人の親の間に生まれた少年。金髪と目つきの悪さから、ヤンキーと誤解されている常識人。

三日月夜空《みかづきよぞら》
常に不機嫌そうな表情を浮かべる少女。実は幼い頃、小鷹と親友だったが……。

柏崎星奈《かしわざきせな》
学園理事長の娘。男子からは女王様扱いされており、同性からは嫌われている。ギャルゲーが好き。

楠幸村《くすのきゆきむら》
男の中の男を目指す、自称小鷹の舎弟。同級生からはその可愛さゆえに距離を置かれている。

作品解説

残念な美少女たちが紡ぐ「空気を読んだ」青春小説

ただの美少女であっては読者が親近感を抱きづらいというのは世の常。ゼロ年代後半においてはまだオタクであることがマイナスポイントとされていたため、ヒロインがそういった趣味を持つことで親近感を抱かせる作品も見受けられた。そんな「残念」な特徴を持つヒロインたちに着目した作品が、『僕は友達が少ない』である。

本作がエポックメイキングだったのは、主人公が特定の誰かと恋仲に落ちようとしないことだ。複数のヒロインが主人公の小鷹に対して好意を抱くようになるが、それを彼は「え？　なんだって？」というセリフに代表される難聴的な逃げ方で回避する。この行為はセリフだけを見ればかなり間抜けなものであるが（実際、この箇所のみがネットミーム化した）、ヒロインからの好意を受け流すことによって、知人以上友達未満の関係を続行させる処世術だったのである。友達が少ない人物が集まった隣人部という空間にて、小鷹が誰がと恋仲になってしまうと、その空気は確実に変容してしまう。つまり「え？なんだって？」と言うことで、彼は部内の空気を変容させないように努めていたのだ。この「空気を読む」ポイントと残念なヒロインたちが読者の心を掴み、本作はヒット。ハーレム的な要素こそ内包するものの、主人公が周囲の空気を読み、現状の雰囲気のまま生き抜こうともがく鮮烈な青春小説として、完結を果たした。

本作ののち、著者の平坂読は小説家を主人公とした『妹さえいればいい。』を刊行。こちらも傑作なので、ぜひ。

062

現代ファンタジー

東京レイヴンズ

著：あざの耕平《こうへい》
イラスト：すみ兵《へい》

2010年5月～
富士見書房〈富士見ファンタジア文庫〉
既刊20巻（長編16巻／短編集4巻）

STORY

いまから半世紀前、稀代の陰陽師・土御門夜光が儀式を失敗したことによって、東京では霊災と呼ばれる災害が多発するようになっていた。

時は流れ、東京で発生する霊災を祓うべく、陰陽師が活躍する現代。名門である土御門家の分家筋に生まれながらも、陰陽師としての素質を持っていない少年・土御門春虎は、陰陽師になることを諦め、東京から離れた田舎町で友人たちと他愛もない生活を送っていた。

しかしある日、土御門家の次期当主にして、春虎の幼なじみである土御門夏目が町を訪れる。さらにその直後、国家一級陰陽師の大連寺鈴鹿の襲撃に巻き込まれ、春虎は友人の北斗を亡くすのだった。だが、北斗の正体は人間ではなく式神だと発覚。北斗を操っていた術者を突き止めるため、春虎は夏目の式神として、国内最大の陰陽師育成機関・陰陽塾の門を叩く。そこで夏目は本家のしきたりに従って、女の子であることを隠し、男装して生活していて……。さらに春虎たちは、様々な事件に巻き込まれていく。

登場人物

土《つち》御《み》門《かど》春《はる》虎《とら》
夏目を守るために陰陽師を志した少年。家訓に倣って、夏目の式神に。

土《つち》御《み》門《かど》夏《なつ》目《め》
陰陽師の名門・土御門本家の娘。普段は本家のしきたりによって男装している。

北《ほく》斗《と》
春虎の友人。
二年前に突然彼の前に現れた。少年のような言動を取る。

作品解説

現代ナイズされたスタイリッシュ陰陽バトル

陰陽師といえば、夢枕獏の『陰陽師』シリーズでも有名な安倍晴明に代表される陰陽道を司どる職業のこと。ライトノベルでもたびたび題材となっていて、山門敬弘『風の聖痕《スティグマ》』や近年のヒット作だとシクラメン『凡人転生の努力無双～赤ちゃんの頃から努力してたらいつのまにか日本の未来を背負ってました～』など傑作が生まれている。そんな題材をこれまでファンタジーやミステリをメインに描いてきた作家・あざの耕平が調理したらどうなるのか？ その結果は、とてもスタイリッシュな陰陽バトルものであった。

現在日本に陰陽師という職業を自然に組み込みつつ、国家一級陰陽師を目指す少年少女の活躍と成長を描いた『東京レイヴンズ』。大きく分けるとその物語は、学生編である第一部（第1巻から第9巻まで）と陰陽塾を離れ、物語のスケール感が増大した第二部（第10巻以降）に分類できる。第一部、第二部で大きく物語の流れは異なるが、主人公・春虎とメインヒロインの夏目の出自に隠された運命的な出来事がドラマチックに描かれる点は共通だ。また、陰陽師同士の手に汗握るバトル描写も秀逸で、どの巻でも滾る展開が続くのはやはり本作の魅力といえるだろう。

著者のあざの耕平の他著について触れておくと、1920年代のシカゴで巻き起こるアクションを描いた過去作『ブートレガーズ』や学園アクションものの『Dクラッカーズ』、吸血鬼×異能バトル『BLACK BLOOD BROTHERS』も 傑作。こちらも本作に負けず劣らず面白いのでぜひ。

063

ファンタジー

まおゆう魔王勇者

著：橙乃《とうの》ままれ
イラスト：水玉螢之丞《みずたまけいのじょう》、toi8

2010年12月～2012年12月
エンターブレイン
全5巻＋外伝3巻

STORY

　人間と魔族が長期間戦争を続けていた世界。「魔王」を倒して人間世界に平和をもたらすべく、卓越した力を持った青年・勇者は魔王城に単身で乗り込んだ。しかし、美しい女性風の姿をした魔王は彼と戦おうとしなかった。そればかりか、勇者へ自分のものになるよう迫り始めて……。あくまで魔王を倒そうとする勇者であったが、彼女は現在の世界を取り巻く状況を語り、経済活動や社会秩序が戦争を基盤とするもので、もしこの勇者対魔王の戦いが終結してしまったならば、平和ではなく社会生活の破綻が訪れてしまうと説く。その考えに同意した勇者は、彼女と二人で「紅の学士」「白の剣士」と名乗り、「丘の向こう」を目指して改革に着手する。

　馬鈴薯の栽培に始まり、一年で四回運用する畑の利用法、風車による灌漑などを採り入れ、冬の国はみるみるうちに国力を高めていく。だが、南部諸王国が発展していく姿を、聖王国を中心とする中央諸国はただ指を咥えて見ているわけにもいかなかった。そして、紅の学士は異端者として処罰されることになり——。

登場人物

魔王《まおう》
戦闘能力の低い魔王。
グラマラスな身体付きをしているが、本人は気にしている様子。

勇者《ゆうしゃ》
最強の人間。
人間界の希望として魔王討伐を目指し、魔界を訪れる。

作品解説

匿名掲示板から生まれた経済ファンタジー

日本語圏におけるインターネット史上最大の匿名掲示板「2ちゃんねる」(現・5ちゃんねる)。その「ニュース速報(VIP)板」に建てられたスレッド「魔王『この我のものとなれ、勇者よ』勇者『断る!』」が本作の原型である。2009年の発表当初は戯曲形式として即興で書かれたものだったが、ネットユーザーを中心にその面白さが知れ渡り、有志によって過去ログがサイト上にまとめられた。その後、ゲームクリエイターの桝田省治がプロデューサー的役割を果たし、2010年に書籍化されることとなった。

本作の特徴は前述の戯曲的な書き方と、その経済面から切り込んだファンタジー展開、そして勇者が魔王を倒したその後を描く物語であることだ。まず、匿名掲示板上に掲載されていたという特性上、地の文が存在せず、キャラクター名も詳細には決められていないところが唯一無二の雰囲気を醸し出している。また、『狼と香辛料』のように、ファンタジー世界をリアルに分析して、現実社会のメタファーとなっている展開も面白い。そして、勇者が魔王を倒したら物語が終わることがテンプレートではあるものの、その後の世界を軸とした展開が読者から支持された(この点は後に、マンガ『葬送のフリーレン』のヒットをきっかけに、駄犬『誰が勇者を殺したか』などライトノベルでの一テンプレートとなっていく)。

また、同時期に著者の橙乃ままれはVRMMORPGものである『ログ・ホライズン』を執筆。こちらも書籍化され、ウェブ小説の新時代を切り開いた。

064

学園ラブコメ

やはり俺の青春ラブコメはまちがっている。

著：渡航《わたりわたる》

イラスト：ぽんかん⑧

2011年3月～
小学館〈ガガガ文庫〉
全20巻（長編14巻／短編集4巻）＋外伝2巻

STORY

高校二年生の比企谷八幡は、高校でも友達ができず、ひとりぼっちの生活を究めようとしていた。しかしある日、リア充を忌み嫌っていた彼は生活指導担当の教師・平塚静に目をつけられ、生徒の悩みを解決する手助けを行う部活・奉仕部に無理矢理入部させられる。そこで八幡は、校内一の才女として名を馳せる雪ノ下雪乃と出会うのだった。そのような状況で静は、人付き合いが苦手な不器用さを持ち合わせながら、正反対の考え方を有する八幡と雪乃に、どちらがより多く、奉仕部の依頼を解決できるか勝負させようとする。その矢先、八幡のクラスメイトでありスクールカースト上位の美少女・由比ヶ浜結衣が最初の依頼人として奉仕部を訪れて……。

後に結衣も奉仕部に加入し、三人は様々な依頼をこなしていく。正論を言う雪乃と、屁理屈で解決していく八幡。そしてその中を取り持つ結衣――。そこへ生徒会長となった後輩・一色いろはも加わるものの、ふとしたことがきっかけとなり、三人はお互いの関係性の歪さに気付いてしまって……。

登場人物

比《ひ》企《き》谷《がや》八《はち》幡《まん》
ひねくれた性格のぼっち。自分のことを犠牲にして、問題を解決しがち。

雪《ゆき》ノ《の》下《した》雪《ゆき》乃《の》
良家に生まれた美少女。遠慮なく物事を言う性格から、あまり友達はいない。

由《ゆ》比《い》ヶ《が》浜《はま》結《ゆ》衣《い》
常に周囲の空気を読んでいる明るい女の子。雪乃に興味を抱き、奉仕部に入部する。

一色《いっしき》いろは
小悪魔系の後輩。相手によって露骨に態度を変える。八幡には毒舌。

作品解説

本物の関係を求める眩しく尊い青春ストーリー

奉仕部に所属する三人の少年少女が、持ち込まれる依頼を解決しつつ、お互いの関係性や自分自身の内面に向き合っていく青春グラフィティ。この作品において、何よりも評価されたのは主人公である八幡の自嘲的な語り口だろう。地の文で繰り広げられる自虐的でときおりネタが交えられる彼の弁によって、八幡というキャラクターが正義を正義のまま成す人物ではないことを示した上で、スクールカーストの上位にいないからこそ、誰も友達がいないからこそ捨て身で行える手法で依頼を解決していく、という流れが物語に爽快感を与えた。

しかし、雪乃や結衣といったヒロインたちと八幡が徐々に仲良くなっていき、恋心まで芽生え始めた頃になれば、そんな捨て身のやり方もできなくなっていく。彼の立ち振る舞いに雪乃や結衣は傷付いてしまい、三人は本物の関係を求めて歩み寄っていくのだ。そのカタルシスといったら……！

そんな眩い青春模様が詰まった本作『やはり俺の青春ラブコメはまちがっている。』は、「このライトノベルがすごい！」において２０１４年版から２０１６年版にかけて、三年連続で第1位を獲得。同ランキングにおいて初めて殿堂入りを果たす結果となった。

なお、シリーズ自体は２０１９年に第14巻で完結。短編集を経て、２０２１年からは結衣ルートを描いた『やはり俺の青春ラブコメはまちがっている。結』が刊行されている。まだ第2巻となっており、本筋はこれからだが、本編のエンドと合わせて、『結』の結末も楽しみたい。

065

SF

デート・ア・ライブ

著：橘公司《たちばなこうし》

イラスト：つなこ

2011年3月～2022年5月
富士見書房〈富士見ファンタジア文庫〉
全33巻（長編22巻／短編集11巻）

STORY

謎の生命体・精霊が出現するようになったことで、大災害・空間震が起こるようになってしまった世界。来禅高校二年生の五河士道は、空間震に遭遇したある日、クレーターに一人佇む美少女と遭遇する。その後、妹である五河琴里から、その美少女こそ空間震の原因である精霊であると知らされるのだった。加えて、自身には精霊と交渉し、世界と精霊、双方を救う力が備わっていると教えられる。

そこで士道は琴里が所属する精霊保護を目的とした秘密組織・ラタトスクと協力。空間震の原因となっていた美少女精霊の夜刀神十香を皮切りに、うさぎのパペットをつけた四糸乃《よしの》、ゴスロリ衣装に身を包んだ時間遡行者の時崎狂三、ボーイッシュ&中二病姉妹の八《や》舞耶倶矢《まいかぐや》・夕弦《ゆづる》、現役アイドルの誘宵美九《いざよいみく》など一癖も二癖もある人物と交流していく。しかし、士道に宿った精霊を抑えるための能力は、彼女たちと親交を深め、キスをしなければ発動しなかった。そこで士道は美少女精霊たちとデートを重ね、彼女たちをデレさせるために奔走するのだが……!?

登場人物

五河《いつか》士道《しどう》
平凡な男子高校生。
精霊たちをデレさせ、
力を封印するために奮闘する。

夜刀神《やとがみ》十香《とうか》
精霊。
無邪気で奔放な性格で、
とにかく食べることが大好き。
まっすぐで純粋な心を持つ。

鳶一《とびいち》折紙《おりがみ》
精霊を殲滅させる組織・ＡＳＴに
属している少女。
士道のクラスメイトで、彼のことが大好き。

五河《いつか》琴里《ことり》
士道の妹にして、
精霊たちを戦いから解放する
組織・ラタトスクの司令官。

時崎《ときさき》狂三《くるみ》
影と時間を操る精霊。
ゴスロリファッションに身を包んだ
ヤンデレ気質な少女。

作品解説

異能力を持った少女をキスで封じるＳＦファンタジー

　各ヒロインを攻略する際に、適切な選択肢を選ぶことで好感度を上げていく恋愛シミュレーションゲーム。世界の命運を左右する戦いに臨む主人公とヒロインの関係性にそのシステムを採り入れたのが、本作『デート・ア・ライブ』である。

　ストーリーの軸はいたって簡単。世界を揺るがしかねない存在である精霊の少女とデートして、デレさせる＝力を封印し、世界を滅亡から救うことができる、というセカイ系もびっくりの設定だ。しかし、世界を揺るがす精霊は一人や二人でなく、次々と登場。しかも単純に力を封印できるわけではなく、彼女たちを殺そうとする組織や、彼女たちの力を利用しようとする敵まで登場して、何重にもキャラクターの思惑が交錯していく。そもそも精霊とは何なのか。中盤から終盤にかけて明かされる世界の真実には驚愕を隠せない。また、どれだけ物語がシリアスになっていったとしても、デートを成功させるために大の大人たちが士道のサポートを必死に行う様はとてもコミカル。精霊の境遇も合わせて、笑いあり涙ありの展開を楽しんでほしい。

　そんな『デート・ア・ライブ』は２０２２年に完結。東出祐一郎による時崎狂三を主人公にしたスピンオフ『デート・ア・ライブ フラグメント デート・ア・バレット』も人気を博した。また、２０２５年現在ではやはり狂三を主軸とした本編後日談にして特殊設定ミステリ『魔術探偵・時崎狂三の事件簿』が刊行中。中国圏でテレビアニメが異例のヒットを飛ばしたこともあり、まだまだシリーズが終わる気配はない。

066

ミステリ

ビブリア古書堂の事件手帖

著：三上延《みかみえん》
イラスト：越島《こしじま》はぐ

2011年3月〜
アスキー・メディアワークス〈メディアワークス文庫〉
既刊11巻

STORY

幼少期に祖母から怒られたことをきっかけに、活字から離れてしまった青年・五浦大輔。彼は大学卒業後も就職できずに実家で暮らしていたが、祖母が他界。彼女の遺品である『漱石全集』に夏目漱石のサインがあることを見つけ出す。しかし、そのサインは本物なのだろうか？　真偽を確かめるべく、鎌倉の片隅で営業をしているビブリア古書堂の店主・篠川栞子のもとを尋ねるのだった。

本に対して博識な栞子は、その本に書かれたサインが偽物であることを看破。その上で、知らない人物の献呈署名が入っていることに気付く。また、栞子の説明を受ける中で、大輔は祖母の秘密に気付いて……。

この謎を機に、大輔はビブリア古書堂で働くことになる。本が大好きな栞子と、本を読めない大輔。二人はお客さんや周囲の人物から寄せられた、本にまつわる謎を次々と解き明かしていく。太宰治に藤子不二雄、江戸川乱歩、手塚治虫……。マンガから小説、絵本、童話まで。様々なジャンルの本の謎だが、二人が解けないものはない。

登場人物

五《ご》浦《うら》大《だい》輔《すけ》
活字恐怖症を患っていた男性。柔道で鍛えたため、大柄な逞しい体格になった。

篠《しの》川《かわ》栞《しおり》子《こ》
ビブリア古書堂の店主。近眼で、普段はメガネをつけている。本の話以外では他人と目が合わせられない。

作品解説

ライト文芸を知らしめた古書ミステリ

有川ひろの出現によって、電撃文庫は電撃の単行本を創刊。これまでライトノベルを卒業していった大人層を開拓するライトノベル的な物語を放つレーベルとして、２００９年にはメディアワークス文庫を創刊した。初期こそ面白ければなんでもありの精神を踏襲し、様々なジャンルの作品が刊行されていた同レーベルだが、ミステリが多く刊行されるようになった、そのきっかけを作ったのは本作『ビブリア古書堂の事件手帖』だったに違いない。

客や周囲の人物から持ち込まれる謎を栞子が解き明かす（大輔はワトソン役）、と言う連作短編形式のミステリ。実在する貴重な古書が登場し、リアリティのある推理とうんちくには思わずうっとりとするはず。過去のトラウマから本が読めない大輔と、古書知識と推理力でどんな謎も解き明かす栞子のコンビも魅力的。越島はぐによる可憐なイラストによって、二人のカッコよさ・可愛さも増強され、これまでライトノベル作家の本を読んでこなかった層にも認知された（その結果、第9回本屋大賞では文庫書き下ろし作品として初ノミネート）。〈〝文学少女〟〉シリーズのように、本作に登場した作品が話題となり、書籍が次々と売り切れ状態になる現象も巻き起こした。

本作は２０１７年に第７巻で完結を果たしたものの、２０１８年からは新章が開幕。栞子の娘である扉子をホームズ役とした物語が始まった。また、電撃文庫からは峰守ひろかずによるスピンオフ『こぐちさんと僕のビブリアファイト部活動日誌』も刊行されている。

067

SF

魔法科高校の劣等生

著：佐島《さとう》 勤《つとむ》
イラスト：石田《いしだ》可奈《かな》

2011年7月～
アスキー・メディアワークス〈電撃文庫〉
既刊44巻
（長編第一部全32巻／長編第二部既刊9巻／短編集3巻）

STORY

かつて超能力と呼ばれていたものが、魔法という名前で体系化された近未来。西暦２０９５年の日本。魔法技能師養成所である国立魔法大学附属第一高校に、ある兄妹が入学した。妹の司波深雪はエリートとして将来を約束された一科生として、兄の司波達也はその補欠である二科生として……。深雪は完全無欠な優等生である一方、達也は魔法のレベルが低い劣等生。しかし、彼はどこか高校一年生とは思えないほど達観した性格の持ち主であった。

そんな二人は、深雪と同じクラスの北山雫、光井ほのか、達也と同じクラスの千葉エリカ、西城レオンハルト、柴田美月らと親しくなっていく。また、深雪は生徒会役員に就任。加えて、風紀委員長を務める渡辺摩利は、一科生と二科生の対立を埋めるべく、達也を風紀委員会へ迎え入れて……。

政治結社・ブランシュの襲撃や九校戦への香港系国際犯罪シンジゲート・無頭竜の介入……。様々な事件が巻き起こるものの、達也が持ち前の能力を駆使して敵を蹴散らす、波乱の三年間が幕を開ける。

登場人物

司《し》波《は》達也《たつや》
二科生。
魔法師の名門・四葉家に生まれた。
魔法実技は苦手だが、格闘術に長けている。

司《し》波《は》深雪《みゆき》
達也の妹で、一科生。
成績は常に学年一位をキープするほどの才女。
達也のことが大好き。

西条《さいじょう》レオンハルト
達也の友人。明るい性格の持ち主。
硬化魔法を得意とする。

柴田《しばた》美月《みづき》
達也の友人。
少し天然気質だが、根は真面目な少女。
霊子放射光過敏症患者。

作品解説

「小説家になろう」からの書籍化を切り拓いたSF

　これまでウェブ小説の書籍化といえば、ほとんどがアルファポリスのような専門的出版社かエンターブレイン（現・KADOKAWA）の非ライトノベルレーベル、もしくは自費出版であった。しかし、川原礫のようにウェブ小説出身であるものの新人賞に応募した作家が出現。その上、『ソードアート・オンライン』が書籍化されたものだから……。とはいえ、本作が書籍化されたのは全くの別軸。第16回電撃小説大賞に投稿された応募作品を読んだ編集者が数年後、『魔法科高校の劣等生』との類似点を発見。そこで著者の佐島勤に声を掛けた結果、本作が書籍化されるに至ったのだ。

　そもそも本作はその時点で小説投稿サイトである「小説家になろう」において長らくPV数などで集計される累計ランキングの第1位を独占していた人気作。科学的な研究・超能力開発に基づいた魔法の設定の濃度と、魅力的なキャラクター、そして無双していく主人公の描き方が書籍版でも好評となり、人気シリーズへと羽ばたいていった。幸運に頼らず、自らの経験や知識、技術を駆使して敵を粉砕していく達也には、惚れない読者の方が少ないかもしれない。

　そんな本作のヒットを経て、電撃文庫をはじめとしたライトノベルのメジャーレーベルは小説投稿サイトに掲載された作品たちに着目。次々と作品を書籍化していくこととなる。その結果、ライトノベルの作品イメージがどんどん更新されていくこととなるのだが……。その特異点となったのは疑いようもなく本作だったのだ。

068

異世界

ノーゲーム・ノーライフ

著・イラスト：榎宮祐《かみやゆう》

2012年4月～
メディアファクトリー〈MF文庫J〉
既刊12巻＋外伝1巻

STORY

一度たりとも敗北したことがなく、あらゆるゲームのランキングで第1位に君臨し続ける伝説的ゲーマー「　」《くうはく》。その正体は、駆け引きを得意とする兄・空と、天才的な計算力を持つ妹・白の二人組だった。

引きこもってゲームをし続けていた二人はある日、「生まれてくる世界を間違えたと感じたことはないか」と書かれたメールを受信する。そのメールに対して世界＝クソゲーと回答したところ、二人は神様によって、全てゲームの勝敗によって決まる世界「盤上の輪廻《ディスボード》」へと召喚されてしまった。盤上の輪廻にはエルフや天使など魔法をはじめとした特殊能力を有した十六の種族が存在していて、異能力を使えない最弱の種族である人類種は国取りギャンブルで連敗。存亡の危機に瀕していた。そんな状態で、「　」の二人は、ゲーム勝負によって人類種国王の座を手にする。二人の最終目標は、すべての種族を統べることで得られる、唯一神へと臨むゲームの挑戦権。そこで勝利しなければ元の世界へと戻れない。世界の絶対法則【十の盟約】の下に、最弱、しかし無敗な兄妹の挑戦がはじまる。

登場人物

空《そら》
無職童貞のゲーム廃人。
文系分野に強く、
相手を欺いてゲームに勝利する。

白《しろ》
不登校のゲーム廃人。空の妹。理系分野に
強く、理論で解決できるゲームが得意。

ステファニー・ドーラ
人類種《イマニティ》の先代国王の孫娘。
常識人だが、
空と白からはバカ扱いされている。
巨乳。

ジブリール
天翼種《フリューゲル》。
知識欲が凄まじく、何事にも興味を抱く。
空と白に負けて所有物になる。

作品解説

ゲームで無双する最強兄妹のSF長編

鏡貴也『いつか天魔の黒ウサギ』のイラストレーターとしても知られるマンガ家・榎宮祐の小説処女作。すべてのバトルはゲームで執り行われるという軸が面白い作品だ。

　本作で描かれる戦いは、チェスやしりとりといった既存のゲームルールに魔法や異能力を使ったギミックを追加したもの。だが、基本的には「　」と敵の心理戦として描かれる上に、既存のゲームが下敷きであるから読者がルールを理解しやすく、感情移入をしながら勝負の一部始終を目の当たりにすることができる。策謀を張り巡らせた心理戦の描写も見事で、伏線や意図が明らかになるシーンの爽快さといったら最高だ。

　そんな本作で最もオススメしたいのは、第6巻。主人公たちが活躍する六千年以上前を描いた過去編ではあるのだが、思わず涙を誘われる展開は一読の価値アリだ。

　著者の榎宮祐は本作の執筆と並行して、暇奈椿との共著『クロックワーク・プラネット』を開始。自動人形と出会った少年を主人公としたSFアクションを見事に描き出している。本作と並べてどちらも傑作ではあるのだが、惜しむらくは刊行ペースの遅さ。どうにかどちらの作品も完結の瞬間を見たいものである。

　ちなみに、本作のヒット後には「ゲームによるバトル」ものが少なからず刊行され始める。中でもオススメは細音啓『神は遊戯《ゲーム》に飢えている。』。こちらは神対人類＋元神様という本作とは異なる切り口で、既存のゲームに異能力を組み合わせた戦いが描かれている。

069

現代ファンタジー

魔法少女育成計画

著：遠藤浅蜊《えんどうあさり》

イラスト：マルイノ

2012年6月～
宝島社〈このライトノベルがすごい！文庫〉
既刊18巻（長編13巻／短編集5巻）

STORY

人気ソーシャルゲーム『魔法少女育成計画』は、プレイヤーの数万人に一人を常人とはかけ離れた身体能力と可憐な容姿の魔法少女にする効果があった。その力によって奇跡の能力を得た少女たちがいたが、同じ街に16人も密集。その土地が持つ魔力が不足してしまったため、運営側は急遽魔法少女を半分の8人まで削減させると宣言する。突然の事態に戸惑いを隠せない少女たちであったが、普段通り目標をこなしていると、運営側が一変。選抜試験は類稀なる力を駆使したデスゲームへと変貌を遂げる。脱落者は命まで奪われてしまう。そんな状況下で、魔法少女たちは殺し合いを始めて……。生き延びるために協調を訴える者もいれば、他者を蹴落とそうとする者もいる。そんな状況下で勝ち残るのは誰か？

その後、魔法少女専用のゲームとして生まれ変わった『魔法少女育成計画』でもデスゲームが発生。その生き残りたちも再度魔法少女同志の血で血を争う戦いに参加することとなってしまう。果たして、姫河小雪／スノーホワイトたちは生き残ることができるのか？

登場人物

スノーホワイト
魔法少女に憧れを抱き続ける少女。
どんなことにも一生懸命に取り組む。

リップル
忍者姿の魔法少女。
喧嘩っ早い性格。
よくコンビを組んでいた魔法少女からはツンデレと評されている。

プフレ
車椅子に乗っている魔法少女。
先祖代々続く大富豪の一人娘で、目的のためなら手段を選ばない。

作品解説

殺伐とした魔法少女ものをライトノベルに

バトルロイヤルものは、ゼロ年代以降物語の一ジャンルとして定着したといっても問題ないだろう。その嚆矢となったのは間違いなく、一クラスが強制的に島に連れられてきて殺し合いをするという高見広春の小説『バトル・ロワイアル』だった。『バトル・ロワイアル』は実写映画化もされて社会現象を巻き起こし、小説、マンガ、ゲームと多くの作品でバトルロイヤルものが描かれるようになった。現在のライトノベルでも鵜飼有志『死亡遊戯で飯を食う。』のようなデスゲームものにバトルロイヤル要素を組み込んだ作品も発表されている。

一方で、マンガ『魔法使いサリー』に端を発して始まった魔法少女ものは、ゼロ年代に入ると王道から外した作品性のタイトルが生まれ始めた。その極致が2011年に放送された『魔法少女まどか☆マギカ』である。虚淵玄による凄惨なシナリオが話題を呼び、こちらも社会現象となった。『まどマギ』では魔法少女がどんどん脱落＝亡くなっていきながら戦う様を描いている。

この二点が結びついて生まれたのが本作『魔法少女育成計画』だ。とはいえ、バトルロイヤル的群像劇が描かれるのは序盤だけ。第7巻となる『魔法少女育成計画JOKER』からはこれまでのシリーズで登場したキャラクターも再び描かれつつ、サスペンス的な構成で謎に迫っていく物語が紡がれる。このライトノベルがすごい!文庫は既に刊行が停止しているレーベルだが、本作は未だに続巻がリリース中。制作中というテレビアニメ新作も楽しみに待ちたい。

070

異世界

オーバーロード

著：丸山《まるやま》くがね
イラスト：so-bin

2012年7月〜
エンターブレイン
既刊16巻

STORY

2138年。一大ブームを巻き起こしたVRMMORPG『ユグドラシル』がサービス終了を迎えようとしていた。プレイヤーの一人であるモモンガは、自身が所属するギルド、アインズ・ウール・ゴウンの本拠地、ナザリック大墳墓でゲームの終わりを迎えようとすることに。だが、予告された終了時刻を過ぎてもゲームは継続。それどころかエラーが発生して、ログアウトすることが叶わなくなってしまう。さらにプレイヤーがアクションを起こさなければ行動しないはずのNPCたちが自我を持って動き出すようになり始めた。そして、モモンガも自身がゲーム内アバターと同じ姿になっていて、『ユグドラシル』と似た異世界に転移していたことを知る。

　モモンガはその状況に戸惑いつつも、ギルド名と同じ名前に改め、ナザリック大墳墓の勢力とともに世界征服に動き始める。異世界の勢力が何をしたいのか、自分以外の『ユグドラシル』プレイヤーはこの世界に来ているのか？　現実世界では冴えない青年であるアインズが、その謎を解き明かす冒険を始める。

登場人物

アインズ
アンデッドでありながら、全ての種族が共存できる理想郷を作るべく動いている。

アルベド
最高位の悪魔。アインズに絶対的な忠誠を誓っている絶世の美女。

シャルティア・ブラッドフォールン
階層守護者の中では最強格の吸血鬼。アインズのことを心から愛している。

作品解説

異世界転移ものの要素をVRMMOものにプラス

小説投稿サイト「Arcadia」と「小説家になろう」にて掲載されたVRMMORPGを題材としたファンタジー小説。なお、ウェブ版と書籍版とでは大幅に内容が異なっているのでご注意を。

VRMMORPGものはこれまでに紹介した『ソードアート・オンライン』をはじめ、橙乃ままれ『ログ・ホライズン』など多くの作品が刊行されている。総じて、ゲームからログアウトできなくなってしまったプレイヤーを主人公にしたサバイバル要素のあるアクション小説といった趣となっているが、そこへ異世界転移ものの要素を織り交ぜたのが本作の魅力である。

確かに、考えてみればVRMMORPGのゲーム内世界は異世界そのものなのだが、ログアウトできないだけであればプレイヤー（現代社会に生きる人々）との会話が成立してしまう。対して主人公一人がゲーム内世界によく似た異世界に迷い込んだ、という構図にすると、これまでの知識や現代日本で培った能力がそのまま使えるものの、対人となった途端にその図式は破綻。また一から関係性を構築する必要があり、読者は現代日本の知識やゲームネタが使えて読みやすいものの、主人公は簡単に無双せず苦戦していくという展開が楽しめるのだ。さらに重厚でときにダークな要素も物語性にピッタリマッチ。本作は「このライトノベルがすごい！」2017年版において単行本・ノベルス部門で第1位を獲得したほか、アニメシリーズも計4クールに加えて劇場版が公開されるほど、大ヒットするシリーズへと成長していく。

071

学園ラブコメ

冴えない彼女《ヒロイン》の育てかた

著：丸戸《まると》史明《ふみあき》
イラスト：深崎《みさき》暮人《くれひと》

2012年7月～2019年11月
富士見書房〈ファンタジア文庫〉
全20巻（長編13巻／短編集7巻）

STORY

　オタクな高校生の安芸倫也はある春の日、桜の舞う坂道である少女と運命的な出会いを果たす。その出会いの瞬間、彼の頭の中に思い浮かんだのは、彼女をメインヒロインとした恋愛シミュレーションゲームの制作だった。一ヶ月後、倫也はその少女が印象の薄いクラスメイトの加藤恵だったと知り、二人は交流を深めていく。

　理想のゲームを制作するため、スタッフ集めに奔走する倫也。幼なじみで人気同人作家の澤村・スペンサー・英梨々や、高校の先輩で人気ライトノベル作家の霞ヶ丘詩羽、従兄妹でバンドのボーカルを務める氷堂美智留に声を掛けるものの、彼女たちは恵をメインヒロインにするという倫也の思いへ素直に賛同できない。自分の方が先に倫也のことが好きだったのに……。しかし、そんなクリエイターたちを恵が説得。無事に倫也が理想とする、恵がメインヒロインの胸がキュンキュンするようなゲームの制作を始めるのだが問題は山積み。いったい、どんなキャラクターデザインにするのか、シナリオの方向性は？

登場人物

安芸《あき》倫也《ともや》
猪突猛進タイプのオタク高校生。
胸がキュンキュンするゲームの制作のため、
東奔西走する。

加藤《かとう》恵《めぐみ》
クラス内でも地味な女の子。
感情もフラットと言われるが、
徐々に重い一面が見えるようになり……。

澤村《さわむら》・スペンサー・英梨々《えりり》
イギリス人外交官の父と
日本人の母の間に生まれた
金髪ツインテールツンデレお嬢様。

霞《かすみ》ケ《が》丘《おか》詩羽《うたは》
在学中にデビューを果たした
ライトノベル作家。
黒髪ロングストレートな毒舌先輩。

作品解説

オタクカルチャーの文脈を捉えた青春グラフィティ

ゼロ年代に隆盛を極めた恋愛シミュレーションゲーム（美少女ゲームも含む）のシナリオライターは、田中ロミオや鏡遊、サイトウケンジをはじめ、ゼロ年代後半より次々とライトノベルへと活動の場を広げてきた。『ＷＨＩＴＥ ＡＬＢＵＭ２』や『この青空に約束を――』で知られる丸戸史明もその一人。丸戸による初めてのライトノベルとなる本作は、オタクの少年が様々な少女たちとの関わりを経て、一人のクリエイターとして大成していくまでを描いた青春グラフィティとなっている。

主人公の倫也を囲むヒロインたちは誰も彼も個性的だ。金髪ツンデレなお嬢様幼なじみに、黒髪ロングストレート、黒タイツの毒舌先輩。他にも妹キャラやサバサバした従兄妹など半ばテンプレート的な要素を持ったヒロインたちが多数登場する。しかし、メインヒロインの加藤恵はただただ印象が薄い。フラット。だからこそ印象が冴え渡り、読者の心を射抜いたのだ。そんなラブコメ要素と共に、創作に耽る少年少女の熱き衝動が描かれたのが本作の魅力である。存在感が薄くて冴えないメインヒロインの恵を、どのように倫也たちは見ていたのか？　単にちょろいだけではなく、彼女がクリエイティブに接する様子にも注目いただきたい。

ゲーム制作に挑む少年少女の姿を描いた作品としては、本作ののちにやはりシナリオライター出身の木緒なち『ぼくたちのリメイク』が刊行。２００６年にタイムスリップし、萌え全盛期の中で奮闘する青年の姿が描かれる傑作だ。

072

後宮

薬屋のひとりごと

著：日向夏《ひゅうがなつ》
イラスト：松田恵美《まつだめぐみ》Ray Books版）、
しのとうこ（ヒーロー文庫版）

2012年10月～
主婦の友社〈Ray Books〉→〈ヒーロー文庫〉
既刊15巻

STORY

医師である義父を手伝い、花街で薬師として働いていた少女・猫猫は、ある日薬草採取に出掛けた森で、人攫いに遭ってしまう。そして売り飛ばされた先は後宮であった。

後宮内では仕事をあまりしないようにして無能を装っていた猫猫だったが、ひょんなことから次々と赤子の皇子が衰弱していく理由を推理し始めてしまう。その結果、皇子衰弱事件の真相がおしろいに含まれた毒によるものだと看破。匿名でその真相を指摘したものの、美形の宦官・壬氏はその報告者を猫猫だと突き止めてしまう。そこからというもの、彼は彼女にご執心。猫猫は皇帝の妃の一人である玉葉妃の侍女として働くことになってしまう。加えて、壬氏の依頼を受けて、宮中で起こる様々な事件の解決に手を貸すことになっていき――。

そんな中、寵姫の一人である紅鳳が後宮から姿を消す。果たして彼女はどこへ行ったのか。その真相を突き止めようとする猫猫だったが、この事件はやがて壬氏の正体までも明らかにしていく……。

登場人物

猫猫《マオマオ》
花街育ちの薬師。
好奇心と知識欲が抑えられず、
よく事件に巻き込まれてしまう。

壬氏《ジンシ》
後宮を管理している宦官。
その立場や出生の経緯には謎が多い。

高順《ガオシュン》
壬氏の補佐役。
気が利く苦労人タイプで、
壬氏や後宮のお偉方からの無茶振りに
日々振り回されている。

玉葉妃《ギョクヨウヒ》
皇帝の寵愛を受けている上級妃の一人。
猫猫のことを高く買っている存在。

作品解説

好奇心旺盛な薬師と宦官を翻弄する宮中の謎

後宮ものといえば、これまでにも『彩雲国物語』をはじめ、少女小説で度々人気作を輩出してきた定番のジャンル。そんなジャンルにミステリ要素を加えたウェブ小説が本作。2011年に「小説家になろう」上で連載が開始され、すぐさま読者に支持されると、2012年には主婦の友社・Ｒａｙ Ｂｏｏｋｓから書籍化。2014年にはヒーロー文庫から文庫化され、続巻が刊行されている。

本作の主軸は、薬師の猫猫と宦官の壬氏という二人の人物を中心とした宮中が舞台のミステリであること。ライトノベルらしい軽快な会話劇と魅力的なキャラクターたち、そこへ猫猫が持つ圧倒的な薬学知識が組み合わさり、これまで見たことがない後宮ものの世界を生み出した。

毒薬を自分の身体で試すほど好奇心が旺盛な猫猫と、絶世の美青年だが興味のある相手へ好意を伝えるのが下手な壬氏。そんな二人が宮中を揺るがす大事件に巻き込まれていくとどうなるのか？　特にシリーズ序盤の区切りとなる第4巻では、美しくも愛憎渦巻く後宮の世界観で、一人あっけらかんとしている猫猫の目線で次々と明かされていく真実に、思わず読者も目を見張るに違いない。

本作の著者・日向夏は、本作以降書き下ろしの作品も多数発表。中でもオススメなのは、マンガ版と同時にスタートした、強大な力を持つ者が集まる学校での日々を描く『神さま学校の落ちこぼれ』。キャラクターたちの思惑が入り乱れる展開に酔いしれたい傑作だ。

073

ファンタジー

ダンジョンに出会いを求めるのは間違っているだろうか

著：大森藤ノ《おおもりふじの》

イラスト：ヤスダスズヒト（本編）、ニリツ（短編集）、
はいむらきよたか（ソード・オラトリア）、かかげ（英雄譚）

2013年1月～
ソフトバンククリエイティブ〈GA文庫〉
既刊23巻（長編20巻／短編集3巻）＋外伝23巻

STORY

モンスターが発生するダンジョンと、その周囲に作られた街・オラリオ。この地では、天界から地上へ降りた神々がそれぞれ人間を眷属とし、ファミリア（チーム）を結成。未知なるダンジョンの攻略を目指していた。

駆け出し冒険者のベル・クラネルは、ヘスティア・ファミリアに所属する唯一の冒険者。単独でダンジョンに挑んでいたが、不運にも強レベルのモンスターと遭遇し、絶体絶命に陥ってしまう。しかし、そんな彼を上級冒険者のアイズ・ヴァレンシュタインが救い出すのだった。ベルは名前も言わずに去っていってしまった彼女に一目惚れ。これがきっかけとなり、ベルはスキル・憧憬一途《リアリス・フレーゼ》が発現。規格外の成長を遂げるようになっていく。ヘスティアはそのスキルのことをベルに秘密にしたものの、アイズに釣り合う冒険者になるべく、ベルは努力を重ねていくのだった。

そんなベルの成長とともに、ダンジョンの秘密を解き明かしたり、蔓延る悪と対峙したり。ヘスティア・ファミリアは大切なものを守る戦いに挑んでいく。

登場人物

ベル・クラネル
アイズに憧れて、冒険者として成長を遂げていく少年。恋愛については経験値が浅い。

ヘスティア
炎を司る炉の女神。慈愛に満ちた優しい性格故に友人も多い。大好きなベルにはよくちょっかいをかける。

シル・フローヴァ
ベルに好意を抱いている、酒場「豊穣の女主人」の看板娘。社交的な性格の持ち主。

リリルカ・アーデ
ベルに命を救われた女の子。彼に対して並々ならぬ想いを抱いている。

作品解説

とにかくキャッチーな一少年の成長譚

ＴＲＰＧのリプレイが流行してからというもの、ライトノベルのファンタジーものにおいて、ダンジョン攻略という要素はテンプレートの一つとなっていた。加えて、ゲームと同じくダンジョン攻略を描くＶＲＭＭＯＲＰＧものの隆盛もあり、特にウェブ小説においてはダンジョン攻略がファンタジーにおける定石の一つにまで昇格。そんな状況を受けて、ギリシャ神話的な要素と掛け合わせ、少年の成長譚として構成した作品が本作『ダンジョンに出会いを求めるのは間違っているだろうか』である。もともとは小説投稿サイト「Arcadia」に掲載されていたが、第４回ＧＡ文庫大賞を受賞し、書籍化されることとなった。

タイトルだけを見るとファンタジー世界観でのラブコメのように思えるかもしれないが、本編は至って真面目。命懸けで戦うベルの姿にきっと心を奪われるはずだ。特に第３巻で描かれるミノタウロス戦は山場となっており、彼の成長具合に涙を流してしまうだろう。

本作は魅力的なキャラクターが多いのも一つの特徴である。他のキャラクターから見たベルはどうなっているのか。もしくは、他のキャラクターは何を考えていたのか？　その答えが多くのスピンオフ作品として刊行されているのもファンとしては嬉しい。例えばアイズ・ヴァレンシュタインを主人公とした『ダンジョンに出会いを求めるのは間違っているだろうか外伝ソード・オラトリア』では、アイズ目線でのベルとの出会いも収録。多面的に『ダンまち』の世界が楽しめる。

074

現代ファンタジー

落第騎士の英雄譚《キャバルリィ》

著：海空《みそら》りく

イラスト：をん

ソフトバンククリエイティブ〈GA文庫〉
全20巻（長編19巻／短編集1巻）

STORY

己の魂を固有霊装と呼ばれる器に変えて戦う、伐刀者の養成機関である破軍学園。そこに通っている黒鉄一輝は、伐刀者としての能力値が低いが故に留年してしまい、周囲から落第騎士と呼ばれていた。

そんな一輝はある日、学園に編入した異国の皇女、ステラ・ヴァーミリオンの半裸を目撃してしまう。この出来事がきっかけとなり、ステラは「負けた方が勝った方の言いなりになる」というルールでの決闘を一輝に申し込んだ。誰しも落第騎士である一輝が敗れると思ったその勝負だったが、剣術を極めていたが故に彼女を下してしまう。そして約束通り、ステラは一輝の下僕となり、ルームシェア生活を送ることになった。しかし、入学式当日、新入生次席かつ一輝の妹である黒鉄珠雫がクラスメイトの前で兄にキスをしてしまう事件が発生。ステラは珠雫に対抗心を燃やし始め……。

最弱、だけど最強。そんな一輝と、紅蓮の皇女の異名を持つステラによる戦いの日々が幕を開ける。そして気になる恋模様の行方は——。

登場人物

黒鉄一輝《くろがねいっき》
魔導騎士としては能力が低いFランクの少年。
しかし巧みな剣術から、実戦では無類の強さを誇る。

ステラ・ヴァーミリオン
ヴァーミリオン皇国の第二皇女。ツンデレ気質なAランク騎士。

黒鉄珠雫《くろがねしずく》
一輝の妹。兄に対して特別な感情を抱いているBランク騎士。

有栖院凪《ありすいんなぎ》
珠雫のルームメイト。男の身体に生まれた乙女を自称するDランク騎士。果たしてその正体は……？

作品解説

最弱であり最強の少年を描いた珠玉のバトルラブコメ

少年マンガの王道展開といえば、強大な力を持った主人公がライバルを倒し、そのライバルが仲間となって次の敵に立ち向かい……という「友情」「努力」「勝利」を兼ね備えたストーリーである。そのような展開に個性豊かなヒロインたちの想いが詰まったラブコメが乗っかったら。その結果が本作『落第騎士の英雄譚』である。アニメ『スクライド』に影響を受けたと著者の海空りくも語っているが、視聴者ならば合点がいく場面もあるかもしれない。この作品の主軸はタイトルが示す通りであるが、落第騎士として蔑まれていた主人公が努力の結果、実力を有するようになり、無冠の剣王（ルビ：アナザーワン）として名を馳せていく成長の様子を描いていくことにある。本来最強格であるはずのステラにも勝ててしまえる一輝の頑張りと機転があるからこそ、どんな敵も障害ではない！　次々と難所を突破していくその爽快感がたまらないのだ。そして、そんな様子を見ていれば、ステラが彼に惚れてしまうのも頷けるというか……。ステラの他にも一輝に想いを寄せるキャラクターが登場するが、あくまでメインは一輝とステラの関係性。爽快感のあるアクションと関係性のやり取りが楽しい、２０１０年代前半のライトノベルトレンドを詰め込んだ作品である（本作のヒット後、様々なレーベルで類似作を生んだ点でも原点をぜひ読んでほしい！）。

そして海空作品では、不純ラブコメ『カノジョの妹とキスをした。』も推したい。彼女の妹との恋愛模様の果てに待つ、衝撃のクライマックスをぜひご体感あれ。

075

異世界

盾の勇者の成り上がり

著：アネコユサギ
イラスト：弥南《みなみ》せいら

2013年8月～
メディアファクトリー〈MFブックス〉
既刊22巻＋外伝5巻

STORY

図書館で四勇者について書かれた本を手に取った大学生の岩谷尚文は、突如異世界に召喚されてしまう。同じ場所には並行世界の日本からやってきた青年三人も召喚されており、四人は勇者となって次元の亀裂から魔物が大量に湧き出る現象から世界を救うことを命じられるのだった。その現象を抑えなければ日本に戻れないことを知り、やむを得ず任務に着く四人。しかし、尚文が選ばれた「盾の勇者」は攻撃ができないという特性ゆえに人気がなく、同行を希望する冒険者は皆無。交渉の結果一人だけ仲間となったものの、その従者も冒険三日目には尚文を裏切った上、婦女暴行の冤罪をふっかけ、彼から勇者としての名声と金銭を奪うのだった。

その瞬間から、全てを信じることができなくなった尚文は自らの力を自らのためのみに使うことを決意。パーティーの攻撃役を求めて、奴隷商人から亜人の少女・ラフタリアを購入する。だが、奴隷以上の待遇をしてくれる尚文に対して、ラフタリアは好意を抱き始めて……。

登場人物

岩谷尚文《いわたになおふみ》
盾の勇者。
本来は心優しい性格の持ち主だったが、召喚してすぐの出来事で人間不信に。

ラフタリア
亜人の少女。
元々は奴隷であったが、尚文の優しさから徐々に信頼を寄せるように。

フィーロ
次期女王候補の、明るく元気な女の子。
鳥型の魔物だが、少女の姿を借りている。

リーシア
パーティを追放された後、尚文の仲間となる引っ込み思案な女の子。

作品解説

どん底から始まる成り上がりファンタジー

ここまで紹介してきた俺TUEEEものは、いくら劣等生だとかデスゲームに封じられたからといっても、基本的には爽快感が続く展開がウリ。読者の中には「もっとストレスの溜まる状況からスタートした方が、爽快感も上がるのでは……」と思われている方もいるのではないだろうか。そんな方にオススメしたいのが、本作『盾の勇者の成り上がり』である。単純な俺TUEEEものではなく、どん底から這い上がっていく主人公・岩谷尚文の成長と、自らをそのような境遇にした者への復讐的要素を描いた物語だから だ。本作のスタートはとにかく凄惨。自分以外の三人は召喚された世界についてゲームなどで何かしらの情報を得ている。何も知識がない尚文が最弱職である「盾の勇者」に選ばれてしまう。そして従者が実は他の勇者の手先で、お金も名声も評判も何もかもが奪われてしまうのだから……。異世界でそんなことをされてしまったら、もう何もかもが信じられなくなるのは当たり前。しかし、そこで出会った一人の奴隷の少女との関係性によって、少しずつ前を向いていく(とはいえ、復讐要素がきちんとあるのも嬉しい!)のが本作最大のカタルシスだろう。盾しか装備できず最初から詰んでいた主人公がいかにして魔物へ立ち向かうのか? その冒険譚にも注目だ。

本作と並行して刊行されたスピンオフ『槍の勇者のやり直し』は尚文を裏切った側、「槍の勇者」北村元康の物語。時間遡行の力を得て、強くてニューゲームを行う、テイストが異なるもう一つの物語が楽しめる。

076

異世界

この素晴らしい世界に祝福を！

著：暁《あかつき》なつめ
イラスト：三嶋《みしま》くろね

2013年10月～2023年9月
KADOKAWA〈角川スニーカー文庫〉
全20巻（長編17巻／短編集3巻）＋外伝6巻

STORY

引きこもりだった少年・佐藤和真はゲームを買いに出かけた道すがら、女の子を守ろうとして事故に遭ってしまう。しかし、和真の本当の死因は衝突事故ではなく、ゆっくりと走るトラクターをトラックと勘違いし、轢かれたと感じたことによるショック死だった……。そんな哀れな死に方をした和真に対し、女神のアクアは異世界転移を勧め出す。異世界には望むものを何でも一つ持っていけるとアクアが和真を小馬鹿にしながら提案すると、彼は腹いせに「もの」としてアクアを指定。こうして和真とアクアは異世界に転移し、冒険者生活を送ることになってしまう。

後に組まれたパーティーメンバーも個性的！ 上級職・アークウィザードながらぽんこつなめぐみんと、ドMクルセイダーのダクネスを仲間にし、和真たち四人はトラブルを起こしながらも、元の世界に戻るために魔王軍と戦いを繰り広げていく。……といっても、和真たちが異世界の攻略にやる気を出すはずもない。始まりの街であるアクセルを中心に、自由奔放な日々が綴られる。

登場人物

カズマ
ゲーム好きの引きこもりだったが異世界に転移。
ゲスいこともやりながら、冒険を始める少年。

アクア
水の女神——ではあるが、その素はへっぽこ。自堕落な一面も。

めぐみん
紅魔族の中でも随一の魔法使いだが、ネタ魔法にステータスを全振りするほど、カッコよさを優先する少女。

ダクネス
貴族令嬢だが、ドMであることも相まって、モンスターに叩かれる盾役を買って出る女騎士。

作品解説

コメディテイストの異世界召喚もの

「小説家になろう」に端を発した異世界転生・転移のムーブメント。今でこそ一ジャンルとして定着しつつあるが、その嚆矢となったのはこれまで数多くの傑作を輩出してきたライトノベル文庫レーベルが「小説家になろう」のランキング上位タイトルを書籍化し始めたから、ではないだろうか。異世界転移ものの書籍化という流れを見ると本作の前に紹介した『盾の勇者の成り上がり』も含まれるものの、刊行したMFブックスは新興の単行本レーベル。広がりという意味で考えると、角川スニーカー文庫から『この素晴らしい世界に祝福を!』が刊行された意義は大きかったように感じられてならない。本作の内容を紐解いていくと、デュラハンの頭でサッカーを始めるほど頭がぶっ飛んでいる主人公のカズマ（和真）に、女神の力のせいでアンデッドに追い回されるへっぽこ女神のアクア、毎日古城に爆裂魔法（ネタ魔法）を打ち込んで魔王軍の幹部をブチギレさせためぐみん、魔王軍幹部の呪いを喜んで引き受けるほどドMなダクネスと、個性豊かなキャラクターたちが登場。真剣に魔王軍討伐はしないものの、結果的にどんどん世界を救っていく、コメディ比重の高い物語が繰り広げられる。そういった点でも、角川スニーカー文庫の『ゴクドーくん漫遊記』から連なるコメディファンタジーの系譜も感じられなくもない。

ウェブ小説出身作品はどうしても未完結（打ち切りかかなり長期シリーズになるか）になる傾向が強いが、本作の書籍版は2020年に完結。一気に通読できるという意味でも、手に取りやすい一作だ。

077

異世界

無職転生 〜異世界行ったら本気だす〜

著：理不尽《りふじん》な孫《まご》の手《て》

イラスト：シロタカ

2014年1月〜
KADOKAWA〈MFブックス〉
既刊28巻（本編第一部全26巻＋本編第二部既刊2巻）

STORY

二十年近く家で引きこもっていた無職の男はある日、親が死去したことに伴って兄弟から見限られ、家を追い出されてしまう。その後、トラックに轢かれかかった高校生を救おうとして、自ら犠牲になってしまうのだった。

ここで生涯を終えるのかと思えば、気が付くと彼は赤ん坊の姿に。剣と魔法が支配する異世界で、下級騎士の息子であるルーデウス・グライラットとして転生したのだった。ルーデウスは前世を振り返り、二度とあのような生活・行動はしないと反省。今世では誠実に生きようと誓う。そして家庭教師のロキシー・ミグルディアのもとで魔術の勉強を始め、みるみるうちにその才覚を伸ばしていき——。

ロキシーのおかげで外出できないトラウマを乗り越えたルーデウスは、いじめられていた少女・シルフィエットを救い出す。そんなシルフィエットとともに、父へラノア魔法大学に行きたいと相談をする。しかし父は彼らの依存関係を心配し、二人を別れさせ、ルーデウスはロアの町へと送られてしまう。

登場人物

ルーデウス・グレイラット
前世は現代日本の引きこもり。
前世の後悔を糧に、
積極的に魔術を学んでいく。

シルフィエット・グレイラット
ルーデウスの幼なじみにして、
彼のことが大好きなボクっ娘。

ロキシー・ミグルディア
長命なミグルド族の女性。
見た目はジト目青髪の美少女だが、
成人している。
ルーデウスの師匠。

エリス・ボレアス・グレイラット
ルーデウスの又従姉弟。
凶暴な性格だが、剣の才能はピカイチ。

作品解説

一人の男の生涯を綴る、長編ファンタジー

２０１２年から２０１５年にかけて、「小説家になろう」に掲載された異世界転生もののファンタジー作品。ここまでに紹介した『盾の勇者の成り上がり』や『この素晴らしい世界に祝福を！』と異なり、現代日本に住むキャラクターが事故をきっかけに異世界へ転生、元々持っていた知識を駆使して無双していく展開の作品である（書籍化タイミングとしては本作が初期であるが、「小説家になろう」上では金斬児狐『Re:Monster』など先行作が存在している点だけは注意したい）。２０１３年から２０１９年にかけて、同サイト内の累計ランキング第1位を獲得していた点からも、作品への支持の厚さが窺える。

本作の軸は、複雑な要因で引きこもりとなった主人公が、前世のトラウマを乗り越えて成長していく姿にある。プロローグとなる幼年期編（第1巻）はほぼ地固めとなっていて、少年期編（第2〜6巻）、青少年期編（第7〜12巻）、青年期編（第13巻以降）と巻数を経るごとに周囲の状況も変化する中、どんどん成長していくルーデウスの姿には感涙必至。転生して得た能力で爽快感のある俺ＴＵＥＥＥ展開をしていくわけではないので、人によってはストレスが溜まる展開が続くように感じられるかもしれないが、前世と今世の対比を上手く描いており、そのストレスの果てに感動を得られるところをぜひ読み取ってほしい。

単行本は２０２２年に刊行された第26巻で無事に完結を果たし、現在は番外編となる『無職転生〜蛇足編〜』が刊行中だ。

078

異世界

Re:ゼロから始まる異世界生活

著:長月達平《ながつきたつへい》
イラスト:大塚真一郎《おおつかしんいちろう》、楓月誠《ふうげつまこと》(短編集第3巻)、
イセ川《がわ》ヤスタカ(短編集第4~6巻)、
福《ふく》きつね(短編集第7巻から)

2014年1月~
KADOKAWA〈MF文庫J〉
既刊50巻(長編39巻/短編集11巻)+外伝6巻

STORY

引きこもりだった少年・菜月昴は、コンビニ帰りに突如異世界へ召喚されてしまう。加えて、一文無しの彼を当たり屋のチンピラが襲撃。絶体絶命のピンチだったところを、ネコ型の精霊をお供につれたハーフエルフの美少女が助けてくれるのだった。その少女に恩返しをすべく、彼女の探しものを探索するスバル。しかしその道中で何者かに襲撃され、スバルは命を落としてしまう。

しかし目を覚ますと、スバルは召喚された時点に戻っていた。それから何度か殺されるうちに、スバルは自身がタイムリープ能力を有していることに気付く。そして調査を続けるうちに、助けてくれた少女の探しものを奪った犯人を特定。タイムリープを続け、どうにか犯人から少女の命を救い出す。その結果、スバルはエミリアと名乗る彼女のもとで使用人として働くことに。

鬼族のメイド姉妹、レムとラムに叱咤されながら、タイムリープ能力を駆使して壮絶な運命に立ち向かっていく——。

登場人物

ナツキ・スバル
物怖じしない性格と
持ち前の図々しさを活かして、
突如召喚された異世界の
過酷な運命に立ち向かう。

エミリア
銀髪、紫紺の瞳を持つハーフエルフ。
お人好しで面倒見の良い性格。

レム
亜人の中でも特に強い力を持つ
鬼族の生き残り。
エミリアの屋敷で
雑務全般を一手に担うメイド。

ラム
かつて鬼族の神童と謳われていた
レムの双子の姉。
角を失い、今は全てにおいて妹に劣る力に。

作品解説

「死に戻り」によって明かされる、壮絶な運命

死で時間を巻き戻すタイムリープ能力の「死に戻り」を駆使して戦う少年の姿を描いたSFファンタジー。本作最大の魅力は、捨て身で戦いながら徐々に情報を収集し、幾層にも折り重なった勝利条件を看破していく、サスペンス的な解決法にある。ただ能力を駆使して無双するわけではなく、ストーリーの発展やキャラクターの関係性とともに明らかになっていく情報によって、主人公・スバルの行動が変化していく。その積み重ねが楽しくて感動すること必至だ。

そもそもタイムリープものは『タイム・リープ あしたはきのう』などライトノベルでも傑作が書かれているが、10年代前半にはアニメ『魔法少女まどか☆マギカ』やゲーム『Steins;Gate』なども流行。そのムーブメントを異世界ファンタジーと融合させたのが本作で、2012年から「小説家になろう」に掲載されるとすぐ人気作となっていった。

今でこそ押しも押されもせぬ人気作となった『Re：ゼロから始まる異世界生活』だが、その知名度が拡大したのは2015年のテレビアニメ第1期放送があったから。そこから一気に日本のみならず世界各国で話題を呼び、「ISEKAI」を共通言語たらしめる要因を作っていったのである。

そんな本作の著者・長月達平は他著として、近未来の自立人型AIを主人公としたサスペンス『Vivy prototype』を梅原英司と共筆。テレビアニメ『Vivy -Fluorite Eye's Song-』のノベライズという位置付けだが、小説単体でも楽しめるためオススメしたい。

079

学園ラブコメ

告白予行練習

原作：HoneyWorks
著：藤谷燈子《ふじたにとうこ》（第5巻まで）、香坂茉里《こうさかまつり》（第5巻から）
イラスト：ヤマコ

2014年2月〜
KADOKAWA〈角川ビーンズ文庫〉
既刊16巻

STORY

「ずっと前から好きでした」
美術部に所属する女子高生・榎本夏樹は、幼なじみで映画研究部に所属する瀬戸口優に告白した。しかし、恥ずかしさのあまり夏樹はその言葉を告白の予行練習だとはぐらかしてしまう。

一方、優も夏樹に恋心を抱いており、告白予行練習という言い訳をすると言うことは、彼女が自分以外に好きな相手がいるのではないかと邪推し始める。もしかして自分のことが男だと意識されていないのだろうか……？

ディスコミュニケーションが発生し、お互いの本当の気持ちを誤魔化しながら過ぎていく日々。そんな中、美術部の面々は映画研究部が制作する自主映画の制作に協力することになる。

果たして、クラスメイトの綾瀬恋雪や美術部部長の早坂あかり、元男の娘な望月蒼太ら夏樹と優の友人も巻き込んだこの両片思いは成就するのだろうか。それとも、別の伏兵が出現したり……？　桜丘高校に通う少年少女の恋心が動き出す。

登場人物

瀬戸口優《せとぐちゆう》
学内の人気者。
男女ともに優しく、
本人は無自覚だがモテる。
ただし優柔不断な一面も。

榎本夏樹《えのもとなつき》
明るく積極的な女の子。
運動とマンガを描くことが大好き。

望月蒼太《もちづきそうた》
やりたいことに猪突猛進する純粋な少年。
やや子どもっぽい性格。

早坂《はやさか》あかり
人見知りだが、愛想がよく、
人気も高い女の子。
天然。
恋愛には鈍感。

芹沢春輝《せりざわはるき》
やんちゃな性格だが、面倒見の良い兄貴肌。
映画研究部に所属し、
自主映画を撮影している。

作品解説

青春の淡い恋模様を描いたボカロ小説

　初音ミクや鏡音リン・レンをはじめ、様々なキャラクターにユーザーの作った楽曲を歌わせることができる音声合成ソフト・ボーカロイド。その楽曲人気に呼応して、10年代の初めから様々なノベライズ作品が刊行されるようになった。初期には悪ノP『悪ノ娘』のようにボーカロイドキャラクターを楽曲の展開に重ねた物語群が多く刊行されていたが、じん（自然の敵P）『カゲロウデイズ』のヒット以降、ボーカロイドキャラクターと楽曲内・小説内のキャラクターは区別され、楽曲の世界観に沿ったオリジナルの物語が展開されていくことが多くなった。

　話を戻すと、本作は女子中高生を中心に爆発的人気を誇ったインターネット発の音楽ユニット・HoneyWorksの楽曲群『告白実行委員会〜恋愛シリーズ〜』『告白実行委員会〜アイドルシリーズ〜』を原作とした作品。オムニバス形式で一作ごとに各キャラクターの恋心を取り上げており、続巻を読むと過去のエピソードでは友人や関係者として登場したキャラクターの心情が掘り下げられ、多角的な恋愛模様を成していくことが特徴となっている。素直になれない青春時代の恋心……誰にもあったはずの甘酸っぱい思い出を凝縮しているので、胸がキュンキュンすること間違いなしだ。

　なお、本作の著者は第4巻までと第6巻が藤谷燈子の単独、第5巻『恋色に咲け』が藤谷と香坂茉里の共筆、第7巻以降が香坂の単独執筆となっている。巻数表記もないが、できれば刊行順に読んでいただきたいところ……！

080

SF

〈青春ブタ野郎〉シリーズ

著：鴨志田《かもしだ》 一《はじめ》
イラスト：溝口《みぞくち》ケージ

2014年4月～2024年10月
KADOKAWA〈電撃文庫〉
全15巻

STORY

高校二年生の梓川咲太はある日、図書館でバニーガール姿をしている先輩・桜島麻衣を目撃した。麻衣といえば、子役出身で女優としても有名な存在。そんな彼女が公共施設でバニーガールの姿をしていれば騒がれないわけがないのだが、誰にも彼女の姿は見えていなかった。咲太が話を聞くと、なんと彼女の姿は数日前から周囲の人間に認識されなくなったという。どこまで見えていないのか、検証のためにバニーガール姿になっていたというのだ。咲太は、麻衣の姿が認識されない理由を、半ば都市伝説となっている不思議な現象・思春期症候群だと仮定。その解決を目指して、麻衣とお近づきになっていく。しかし、咲太と麻衣の距離が近付くのと反比例して、彼女の思春期症候群はどんどん進行していき……。

それからというもの、咲太の周りには次々と思春期症候群に罹患した少女たちが現れてくる。小悪魔系の後輩に理系の親友、シスコンアイドル、咲太の妹、そして覆面歌手。彼女たちに巻き起こった不思議な出来事に彼はどう対応するのだろうか？

登場人物

梓川咲太《あずさがわさくた》
少し達観した態度を取ることが多い少年。思春期症候群に巻き込まれた人々を救っていく。

桜島麻衣《さくらじままい》
子役を経て、現在は女優として活躍中。真面目で礼儀正しいものの、咲太に対してだけはからかうことも。

古賀朋絵《こがともえ》
空気を読むことを一番に考えていた、峰ヶ原高校一年。お尻が大きいことが悩み。

双葉理央《ふたばりお》
咲太の数少ない友人。自分のことであっても冷めた目線で分析する現実主義者。

豊浜《とよはま》**のどか**
麻衣の妹で、アイドルグループ・スイートバレットのメンバー。姉のことが大好き。

作品解説

感情に寄り添った「きみ」と「ぼく」のSFラブコメ

日常生活が崩壊している天才少女を軸とした青春ラブコメ『さくら荘のペットな彼女』を成功させた作家・鴨志田一とイラストレーター・溝口ケージコンビによるSFラブコメ。タイトルこそ「青春ブタ野郎は○○の夢を見るか?」(○○にはヒロインの属性が入る)とフィリップ・K・ディック『アンドロイドは電気羊の夢を見るか?』オマージュであるが、展開される物語はハードSFというよりも「すこしふしぎ」寄り。罹った者は、「他者から存在を認識されない」「同じ一日を繰り返してしまう」など不可解な現象に巻き込まれてしまう思春期症候群をキーワードに、ヒロインたちの抱えた感情に迫る物語だ。

この作品の魅力は、なんといっても見事なキャラクター造形とその悩みへの迫り方に尽きる。思春期症候群のトリガーとなったキャラクターの悩み、葛藤、不安。思春期にありがちな問題が重苦しく現実として迫ってきたとき、少年少女は何を選択するのかが高校生・大学生と成長していく咲太の中心で描かれていく。ヒロインの問題を解決しながら、不思議な現象に対峙していくという点では西尾維新の〈物語〉シリーズにも類似しているが、それよりもドラマ性に振り切ったことで大きなカタルシスを生むことに成功した。

先ほどちらっと触れたが、本作は第9巻までが高校生編、第10巻からが大学生編として進行する。およそ思春期とはいえない年齢に差し掛かったとき、咲太はどのような行動を起こすのか。その結末をぜひ目にしていただきたい。

081

異世界

転生したらスライムだった件

著：伏瀬《ふせ》

イラスト：みっつばー

2014年5月～
マイクロマガジン社〈GCノベルズ〉
既刊22巻

STORY

平凡な人生を送っていた会社員・三上悟はある日、通り魔に刺されて死亡してしまう。気が付くと彼は、異世界の洞窟内でスライムに転生していた。スライムとして第二の人生を歩むことになってすぐ、悟はヴェルドラと名乗る龍と邂逅。封印されていたヴェルドラを解放すべく、能力「捕食者」を用いて結界ごと彼を収納し、旅に出ることを決意する。その恩として、ヴェルドラはスライムのことをリムルと名付けるのだった。リムルは現代日本由来の知識と豊富な魔力を用いて、洞窟外で出会ったゴブリンの集落を牙狼族から救出。ともに街づくりを行うこととなる。

そんな中、森の調査のために三人の冒険者を引き連れてシズと名乗る女が村へとやってきた。シズはかつて東京大空襲で亡くなった井沢静江という女性で、転生後には炎の精霊であるイフリートと融合していた存在。しばらくするとイフリートが暴走を始め、リムルはシズと戦うことになってしまう。その結果シズは死に瀕してしまい、リムルは彼女の肉体を捕食。生前のシズの姿を得て――。

登場人物

リムル
前世は現代日本のサラリーマン。
転生時に身についた
ユニークスキル・大賢者を用いて戦う。

ヴェルドラ
天災《カタストロフ》級のドラゴン。
暴風竜の名でも知られる存在。

シズ
召喚前は戦時中の日本で暮らしていた。
類稀なる強い炎の力を操る。

ベニマル
大鬼族《オーガ》の族長の息子。
正義感が強く、
許せないことにはまっすぐ立ち向かう。

シュナ
ベニマルの妹にして大鬼族の姫。
調理や裁縫が得意。

作品解説

異世界転生ものの王道を生み出した人気作

異世界転生作品が一過性のブームではなく、普段ライトノベルやマンガを読まない層にまで波及し、海外でもＩＳＥＫＡＩが一ジャンルとして定着するようになったのは、本作の存在があったからこそ。それほどに、「異世界転生を初めて読むんだけど」という方にまずオススメしたい作品がこの『転生したらスライムだった件』である。著者の伏瀬が認めている通り『オーバーロード』やＴＲＰＧなどからの影響もあるが、それを異世界転生ものとして纏め切った手腕は流石の一言である。

殺されてしまった主人公が異世界でスライムに転生！　人型になって、どんどん仲間を増やしていく。そして国づくりのための駆け引きが発生して……という展開は、今や異世界転生もののテンプレートの一つ。そこにどんな要素を掛け合わせるのか、今ではそこに主眼が置かれるようになったものの、元々は本作がその土台を拡大したことが始まり。主人公・リムルのカリスマ性や駆け引きのシリアスさ、キャラクター同士のコミカルな掛け合いの緩急、書き込まれた魔法描写の数々……。どこを取っても面白いところが、本作が人気作たる所以なのだろう。川上泰樹が「月刊少年シリウス」誌上で連載しているマンガ版も本作人気を支えた。

また、リムルのように人外に転生していく作品も本作以降急増（以前にもゴブリンに転生する『Re:Monster』のような作品はあったものの）。車に自動販売機、剣などもはや転生できないものはないほどに、異世界転生ものの裾野を広げた。

第4章

ウェブ生まれの作品たち

第4章

ウェブ生まれの作品たち

10年代も後半になると、ウェブ小説が各ライトノベルレーベルから書籍化されるようになっていった。小説投稿サイトにしても「小説家になろう」だけではなくKADOKAWAが運営する「カクヨム」やホビージャパン運営の「ノベルアップ」などもオープン。各社、ウェブで人気になった作品を青田買いしていくスタイルへ突入していく。

特に人気となったのは異世界転生・転移ものだ。現代日本の知識を駆使して、中世ヨーロッパ風の異世界ライフを謳歌していく。仕事に追われる現代日本人のみならず、海外の人々まで魅了し、次々と作品が刊行されることとなった。他にも悪役令嬢ものやスローライフ、追放ものなど、小説投稿サイトでは一つヒット作が出たらその作品をテンプレートとして大喜利的に派生した作品が生まれていく。

元々人気のある作品を書籍化することは決して悪いことではないが、巻数が増加の一途を辿り、完結しない作品が増えることも事実。終わりを見ないまま打ち切られてしまったり、延々と続いたりすることも増えてきた。また、ウェブ小説の書籍化ばかりすることでレーベルカラーももはや消滅。特にウェブ小説の書籍化レーベルは「少しSFに振っている」とか「少しえっちなものを多くしている」といったような差異はあれど、基本的には異世界ものか悪役令嬢ものがメイン。あまり色は変わらず、あまりライトノベルを読まない層からは同じような作品がいっぱい店頭に並んでいると思われるようになってしまったのではないだろうか。

といっても、実際のライトノベルでは異世界もの以外にもたくさんの作品が生まれている。将棋ものにファンタジーもの、そして百合まで。多種多様なライトノベルの世界はこれからどうなっていくのか？ その一端をぜひ本章で感じていただきたい。

〈この時期創刊の主要レーベル〉

講談社ラノベ文庫
2011年に講談社が創刊。代表作に『アウトブレイク・カンパニー 萌える侵略者』『異世界魔王と召喚少女の奴隷魔術』など。2017年に単行本レーベルのKラノベブックスを創刊した。

ヒーロー文庫
2012年に主婦の友社（現・イマジカインフォス）によって創刊されたウェブ小説書籍化レーベル。代表作に『薬屋のひとりごと』『ナイツ＆マジック』など。

モンスター文庫
2014年に双葉社によって創刊されたウェブ小説書籍化レーベル。代表作に『進化の実～知らないうちに勝ち組人生～』『異世界召喚は二度目です』など。2015年に単行本レーベルのMノベルスを創刊した。

カドカワBOOKS
2015年にKADOKAWAによって創刊されたウェブ小説書籍化レーベル。代表作に『デスマーチからはじまる異世界狂想曲』『痛いのは嫌なので防御力に極振りしたいと思います。』など。

PASH！ブックス
2015年に主婦と生活社によって創刊されたウェブ小説書籍化レーベル。代表作に『くまクマ熊ベアー』『え、社内システム全てワンオペしている私を解雇ですか？』など。2023年に文庫レーベルのPASH！文庫を創刊した。

電撃の新文芸
2019年にKADOKAWAによって創刊されたウェブ小説書籍化レーベル（編集部は電撃文庫と同一）。代表作に『Unnamed Memory』『異修羅』など。

082

異世界

異世界居酒屋「のぶ」

著：蟬川夏哉《せみかわなつや》
イラスト：転《くるり》

2014年9月〜
宝島社
既刊7巻

STORY

京都の寂れた商店街で矢澤信之が開いた居酒屋「のぶ」は、ある日表口が異世界の古都・アイテーリアと繋がってしまった。信之と従業員の千家しのぶはその状況に戸惑いながらも異世界の住民相手に営業を開始。当初こそ店に客が全く入ってこなかったものの、徴税請負人のゲーアノートが賄い用のパスタを食べてから一転。口コミで「のぶ」の評判が伝わるようになり、徐々にお店が繁盛していく。

そんな「のぶ」で出される料理は、現代日本では当たり前でも、異世界では珍しいものばかり。キンキンに冷やして飲む「トリアエズナマ」(=生ビール)や若鶏の唐揚げ、おでん、ナポリタン。美味しい居酒屋メニューが現地の人々の心を掴んでいく。現地で貧しい思いをしていた少女・エーファを雇ったり、衛兵隊の中隊長・ベルトホルトから妻・ヘルミーナを雇用してくれと頼まれたり。はたまた、「トリアエズナマ」が異世界では禁止されているラガーだと見抜かれてしまったり。異世界人と交流しながら、「のぶ」は営業を続けていく。

登場人物

矢澤信之《やざわのぶゆき》
「のぶ」の大将。
料亭の板前として、料理の腕前を磨いた。

千家《せんけ》しのぶ
「のぶ」の看板娘。
明るくて快活な女の子。

エーファ
「のぶ」の皿洗い。
素直で心優しい。

作品解説

グルメ×異世界転移で人間ドラマを描く

異世界を舞台とした作品が「小説家になろう」上にて次々と登場するようになると、頭角を現すためには何か突飛な要素を異世界ものに組み合わせていくことが必須となってきた。単純に現代日本から異世界に行って無双しても意味がなく、どんな要素を描いていくのかでオリジナリティを出すようになっていったのだ。その初期から見受けられたのが、異世界×食事ものという図式である。現地の食材で現代日本のご飯を作るのか、それとも現地の料理を食べるのか。どんな調理過程・ご飯を描くのかで差異はあったが、キャラクターの幸せな瞬間を描ける異世界×食事ものは次々と掲載されている。ちょうどマンガ『孤独のグルメ』や『ラーメン大好き小泉さん』などグルメマンガブームも後押しし巻き起こった異世界×食事ものの流れ。その先駆けとなったのが本作『異世界居酒屋「のぶ」』だ。

本作の魅力はなんといっても、お酒や料理がとにかく美味しそうに描かれていること。そして、「のぶ」で食べた料理を通して繋がっていく人と人との縁を描いていることだ。温かいお店の雰囲気を通じて、現地と現代日本人だけではなく、常連同士でも繋がりが発生していく。その伝播によって予期せぬ展開が起こるのも面白いポイントである。最初こそ現代日本の居酒屋メシを異世界人が食べたらどんなリアクションをとるんだろう？という好奇心で読み始めるものの、最後には大きなドラマへ発展する。そのダイナミックな構成こそ、この連作短編集の最たる魅力なのだ。

083

異世界

本好きの下剋上 ～司書になるためには手段を選んでいられません～

著：香月美夜《かづきみや》
イラスト：椎名優《しいなゆう》

2015年1月～2024年12月
TOブックス
全35巻（長編33巻／短編集2巻）

STORY

本が好きすぎるあまり、図書館への就職を勝ち取った大学生・本須麗乃だったが、地震によって本棚の下敷きに。そのまま命を落としてしまう。もっと本を読みたかった——そんな未練を抱えていると、異世界の少女・マインに転生していた。

彼女はこよなく愛する本に異世界でも触れて過ごしたいと思うものの、書物は庶民には高すぎて手が届かない代物。加えて、現代日本とは異なる文明レベル（中世ヨーロッパ程度）にマイン自身の虚弱体質も災いして、文字に触れることすら叶わない。そんな中、マインは幼なじみのルッツとともに、植物で紙を作り始める。現代日本の知識を駆使して紙を作ろうとするマインに特異性を見出した商人のベンノは、二人を保護。紙を作るために援助をしていく。

ただ、同時並行でマインに身食いと呼ばれる病魔が押し寄せていた。魔術具を使ってなんとか命を繋ぎ止めたものの、マインの余命が一年ほどに。貴族に服従して生き延びるか、死ぬかの選択を余儀なくされるのだが——。

登場人物

マイン
現代日本から転生してきた本好きの女の子。生まれつき身体が弱い。

フェルディナンド
マインの庇護者兼教育係。神官長として神殿の実務を引き受ける。

作品解説

異世界が舞台のビブリオファンタジー

「小説家になろう」にて2013年から2017年にかけて掲載された本作は、本が大好きな少女が兵士の娘から神殿の巫女見習いになり、領主の幼女、貴族院の自称図書委員と立場を変えながらも変わらず本を読みたいという夢のために奔走する姿を描いた作品だ。

そもそも、現在でこそ紙書籍は市場に溢れかえっているが、印刷技術が整うまでは量産するとしても書き写すほかなかった。加えて、現代日本のように識字率が高いことはあり得なかったわけで、一般庶民は本を読もうと思っても読めなかったわけである。そんな歴史的背景を異世界転生ものとしてアレンジした本作では、書籍が権力闘争に用いられていたことなど歴史的な事実を背景にしながら、とにかく本に対することへ前向きなマインの様子を綴っている。そこへ家族間の情愛や様々な人間関係によるドラマを織り交ぜている点が、本作の秀でているところだろう。女性主人公の異世界ファンタジーとしては珍しく恋愛模様があまり描かれていない点も、脇目も振らずに夢へ奔走する彼女のドラマとしては正しく、共感できる点になるはずだ。

本作は「このライトノベルがすごい！」単行本・ノベルズ部門にて2018年版・2019年版・2023年版で第1位を獲得。その後2023年末に通算33巻となる第五部「女神の化身」第7巻にて完結を果たした。現在は番外編となる『本好きの下剋上 ハンネローレの貴族院五年生』が刊行中。少し気弱な少女を主人公としたラブロマンスが繰り広げられている。

084

人間ドラマ

ようこそ
実力至上主義の教室へ

著：衣笠《きぬがさ》彰《しょう》梧《ご》

イラスト：トモセシュンサク

2015年5月～
KADOKAWA〈MF文庫J〉
既刊28巻（長編第一部全14巻／長編第二部全15巻）

STORY

日本政府が設立した全国屈指の名門校・高度育成高等学校。最新設備が整えられ、就職・進学率100％という高待遇の学校であったが、もちろんそんな場所にも問題児は存在する。高度育成高等学校に進学した綾小路清隆が配属されたDクラスはまさに問題児の巣窟。遅刻欠席は当たり前で、授業中の私語や携帯電話使用など授業態度の悪さがエスカレートする一方だった。しかし、事態は毎月振り込まれるはずのプライベートポイントが支払われていないことによって一変する。生徒の高待遇を保障するポイントは、優秀な生徒のみに与えられるもので、成績の悪さ＝低待遇となることが明らかとなったのだ。そこからDクラス一同は支給されるポイントを少しでも上げるため、勉強会を開催。どうにか成績を上げるよう奮闘する。しかし、試験一週間前となったところで、担任が試験範囲の変更を伝え忘れていたと明かし……。清隆は担任や他の教師の言動から過去問の存在を確信。クラスメイトの櫛田桔梗とともに3年Dクラスの先輩に接触し、過去問を手に入れる。果たして、中間試験の結果やいかに？

登場人物

綾小路清隆《あやのこうじきよたか》
周囲がどうなろうとも最終的に自分が勝てばいいと考えている少年。他人にはほとんど興味がない。

堀北鈴音《ほりきたすずね》
友人関係を不要としていたが、多くの試験を経て変化。クラスメイトに声をかけるように。

坂柳有栖《さかやなぎありす》
Aクラスを統率する女子生徒。先天性心疾患により、普段は杖を使わないと歩行ができない。

一之瀬帆波《いちのせほなみ》
Bクラスのリーダー。常に朗らかで社交的な女の子。交友関係が幅広い。

作品解説

スクールカーストを真正面から捉えたサバイバル小説

『暁の護衛』や『レミニセンス』などの美少女ゲームでタッグを組んでいたシナリオライター・衣笠彰梧と原画家・トモセシュンサクは、2012年に『小悪魔ティーリと救世主!?』を発表。その完結後に発表されたのが、本作『ようこそ実力至上主義の教室へ』であった。

進路が約束されるのは最優秀のAクラスのみ。成績を残せない最底辺の生徒は退学を余儀なくされる。さらに学校側が課すルールに則って、生徒たちは特別試験をクラス対抗で争い、ランクを変動させていく……。『バカとテストと召喚獣』などから始まる、スクールカーストが漫然とした空気感を指すものではなく、学校側のルールとして存在しているという状況下で、クラス間のサバイバルゲーム的様相を描いた作品だ。キャラクター間の衝突は当たり前。陰謀や策略も飛び交いながら実力で高待遇を勝ち取っていこうとする様子が楽しい。

そんな作品の中で一際個性を放つのが、主人公の綾小路清隆である。最初期こそ友達を作りたい高校生らしい夢を持っていた彼だったものの、徐々に無気力・無感情なキャラクターに。それと同時にクラスを率いる軍師的役割を担っていく。そんな彼とともに動いていくクラスメイトたちも個性豊か。ヒロイン同士の憎しみ合いが発生する中で、清隆がどんな決断を下すのかにも注目したい。

現在本作は、一年生編と二年生編が完結。三年生編のスタートが予告されているところ。ぜひ最後まで追いかけたいところだ。

085

異世界

ありふれた職業で世界最強

著：白米 良《しらこめりょう》

イラスト：たかやKi

2015年6月～
オーバーラップ〈オーバーラップ文庫〉
既刊15巻（長編14巻／短編集1巻）＋外伝6巻

STORY

いじめられっ子の高校生・南雲ハジメはある日、クラスメイトとともに異世界へ召喚されてしまう。次々と戦闘向きのチート能力を手に入れるクラスメイトとは裏腹に、ハジメは錬成師という非戦闘向けの地味な能力を発現。異世界でも無能の烙印を押され、またもいじめられてしまう。そんな中、クラスメイトの一人である白崎香織がハジメの元を訪ねてきた。なんでも香織はハジメが消えてしまう夢を見たのだという。その胸騒ぎからオルクス大迷宮への攻略に参加しないよう乞われるが、ただ守ってもらうわけにもいかない。彼女を安心させるためにも強いところを見せようと気を引き締める。しかし翌日、いじめっ子の一人が不運なことに罠を発動させてしまい、一同は強大なモンスターが出現する層へと転移させられてしまった。ハジメは時間稼ぎも込めて単身モンスターに挑むものの、香織との会話に嫉妬していたいじめっ子によって迷宮の奈落へと落とされてしまう。なんとか生き延びた彼はクラスメイトや召喚した神へ復讐を誓いつつ、地下で出会った吸血鬼の少女・ユエと冒険を始める。

登場人物

南雲《なぐも》ハジメ
現代日本から召喚された高校生。
かつては陰キャだったが、
現在は敵を「絶対殺す」男に。

ユエ
ハジメが封印を解いた吸血鬼。
類稀なる魔法の才能を持つ。

シア・ハウリア
兎人族の一部族であるハウリアの少女。
未来視できる固有魔法を持つ。

白崎《しらさき》香織《かおり》
ハジメのクラスメイト。
ハジメが生きていると信じてやまない。

作品解説

一般職で無双する少年の復讐譚

２０１３年から「小説家になろう」に掲載され、２０１５年に書籍化された本作は、いわゆる俺ＴＵＥＥＥもの。それだけではこれまでにも類似作があるわけで、中でもこの作品をオススメしたいのは「クラス転移」かつ「復讐もの」の傑作であるからだ。

まず、クラス転移。これは文字通り、クラスメイト全員と一気に転移することだ。ただの異世界転移ものであればスクールカースト下位だった者だとしても活躍を見せればその境遇を振り払えるものの、周囲の状況が付いてくるとなればそうもいかない。しかも主人公のハジメが選ばれたのは、ありふれた職業である錬成師。そんなどん底から這い上がっていくからこそ、本作は面白くなっているのだ。

そして復讐もの。前述のような境遇に加えて、奈落というさらなる地獄に晒されたハジメは、元の優しい性格から一変。敵に対して一切容赦をせず、手段も選ばないアンチヒーローと化す。外見も変え、クラスメイトの前に再び現れたときにどんな衝突が起こるのか？ そんなジャンルの中でも本作は、異世界という別環境において描かれる人間の内面と関係性の変化が巧みである。もちろん、異世界人との触れ合いも見逃せない！

なお、クラス転移もの×復讐ものならば篠崎芳『ハズレ枠の【状態異常スキル】で最強になった俺がすべてを蹂躙するまで』もオススメ。最低ランクの勇者と認定されてしまった主人公がスキルを駆使して最強へと成長していく姿が描かれた異世界召喚ファンタジーだ。

086

異世界

乙女ゲームの破滅フラグしかない悪役令嬢に転生してしまった…

著：山口 悟《やまぐちさとる》

イラスト：ひだかなみ

2015年8月～
一迅社〈一迅社文庫アイリス〉
既刊14巻＋外伝1巻

STORY

クラエス公爵家の一人娘であるカタリナ・クラエスは王宮で第三王子のジオルド・スティアートに一目惚れしてしまう。しかし、その直後頭を石にぶつけてしまい、カタリナは前世の記憶を取り戻すのだった。同時に、この世界が前世でプレイしていた乙女ゲーム『FORTUNE・LOVER』の世界であること、そして自分が主人公と攻略対象との恋路を邪魔する悪役令嬢になってしまっていることに気付く。

これまで傍若無人な性格で振る舞ってきたものの、このまま同じことをしていたら、カタリナに待ち受ける運命は良くて国外追放、最悪の場合は死亡である。カタリナはその瞬間から自身の身の振り方を改め、破滅フラグを回避するための日々を過ごしていく。ただ、その結果カタリナの周りではどんどん恋愛フラグが立ち続けてしまい、意図とは全く異なり、多くの男女を巻き込んだギャグハーレムルートへと向かっていくのだった。ジオルドの婚約者になるだけではなく、義弟にジオルドの双子の弟、宰相の息子にまで好意を抱かれたカタリナの明日はどっちだ!?

登場人物

カタリナ・クラエス
きつい性格の持ち主だったが、
前世の記憶を思い出してから一転。
無自覚に人をたらしこむ天性の人たらし。

ジオルド・スティアート
第三王子。
腹黒でドSな性格。
人が変わったカタリナに興味を持ち始める。

キース・クラエス
カタリナの義理の弟（分家から引き取られた）。
カタリナの無自覚さに頭を悩ませる。

メアリ・ハント
公爵家の四女。
カタリナのことが大好き。
以前は気弱だったが、
カタリナとの出会いによって変化していく。

作品解説

悪役令嬢ものを広めた歴史的分岐点

悪役令嬢ものとは、言葉の通り傍若無人な振る舞いによって周囲の人物を困らせる令嬢が登場する作品のこと。大体の場合は乙女ゲームの世界に登場するヒロインの敵対者のことを指す（実際の乙女ゲームには悪役令嬢的な立場のキャラクターはあまり登場しないのだが）。そんな立場のキャラクターが前世を思い出すと断罪されるのを防ぐために一気に品行方正に。そこから前世でプレイしたゲームと異なる展開に分岐しつつ、知識を総動員して人生を歩んでいく姿を描く。「小説家になろう」上ではひよこのケーキ『謙虚、堅実をモットーに生きております！』を機に広まったが、残念ながら当該作は未書籍化。一般的には本作『乙女ゲームの破滅フラグしかない悪役令嬢に転生してしまった…』が悪役令嬢ものを広げたといってよいだろう。

主人公のカタリナは、破滅を回避するために惜しみなく努力を重ねていく。しかしその努力はちょっぴり変な方向へ向かうことがポイント。いたって本人は真面目なのに、周囲の人物からは別の意味で作用していき、結果的にゲームの攻略対象どころか使用人や友人女子まで恋愛的に落としていくタラシへと進化していくのだから……。そしてカタリナ自身が恋愛に鈍感なので全く気付かないところも読者をやきもきさせる。いったいラストはどうなるのか……。おそらく第1巻を読み始めたらそう思わずにはいられないほど面白さに満ちた、悪役令嬢ものの裾野を広げた記念碑的作品である。バッドエンドは絶対に訪れないので、安心してページを開いていただきたい！

087

人間ドラマ

りゅうおうのおしごと!

著:白鳥《しらとり》士郎《しろう》

イラスト:しらび

2015年9月〜
SBクリエイティブ〈GA文庫〉
既刊22巻(長編19巻/短編集3巻)

STORY

弱冠16歳にして将棋界最高位のタイトルである竜王を奪取した九頭竜八一は、タイトル戦以降スランプに陥っていた。11連敗を喫したある日、小学三年生の少女・雛鶴あいが八一の自宅に押し掛け、弟子入りを希望してきた。当初は弟子を持つ余裕がないと考えていたものの、対局をしたことによってあいの才能の片鱗を察知。一転して弟子入りを認めることに。とはいえ、高校生と同い年の八一が女子小学生を内弟子とすることに対して世間の目は厳しい。師弟が一つ屋根の下で暮らす内弟子制度は時代錯誤で、あいの将棋界入りに反対する両親が彼女を連れ戻しにやってきて……。

一方、八一はあいの弟子入りを機にスランプから脱出。姉弟子である空銀子やライバルの神鍋歩夢からの叱咤激励を受けつつ、竜王の防衛戦や新タイトルへ挑戦を続けていく。そんな中、将棋連盟の会長からやはり女子小学生の夜叉神天衣を二人目の弟子として取るように依頼されて——!? あいのライバルとなる天衣の実力やいかに。

登場人物

九《く》頭《ず》竜《りゅう》八《や》一《いち》
竜王位を奪取した若手棋士。
あいと天衣と女子小学生二人を連続して弟子に取り、ロリコン扱いされている。

雛鶴《ひなつる》あい
八一に憧れる女子小学生。
持ち前の棋力で、次々と競合を倒していく。
八一に尽くすタイプ。

夜叉神《やしゃじん》天衣《あい》
とても生意気なお嬢さま女子小学生。
八一の弟子になったものの、常にツンツンしている。

空《そら》銀《ぎん》子《こ》
八一の姉弟子。
女流二冠で奨励会二段。
ツンデレ。
病弱。

作品解説

現実と戦うリアルな将棋ドラマ

農業学校という珍しい題材を舞台とした青春コメディ『のうりん』で話題を呼んだ作家・白鳥士郎の最新作の題材は将棋棋士。ライトノベルらしい萌え要素として高校生（くらいの年齢の）少年と女子小学生が師弟関係を組み、切磋琢磨し合いながら戦っていく作品だ。

そもそも将棋を題材とした小説といえば、大崎善生『聖の青春』のような現実の棋士をモデルにしたものかミステリがメイン。どちらも緻密な取材があってこその作品だが、本作もやはり現実の将棋界関係者への緻密な取材や歴史上のエピソードが織り込まれている。このキャラクターはあの棋士がモデルだろうと推測する読み方も楽しい。

とはいえ、もちろん将棋に詳しくなくても楽しいのが本作のポイント。個性豊かなキャラクターの掛け合いはもちろん、奨励会や女流棋士、最後の審判など現代の将棋界ならではのディープな話題・問題をキャッチーに描き、棋士たちの対局を熱い戦いとして盛り上げることに成功している。タイトルやイントロからして女子中学生の可愛さが全面に押し出されがちだが、大人たちの死闘も見逃せない。

そんな本作は刊行当初こそ現実ではあり得ないような展開（十代の棋士がタイトルを獲ることなど）が描かれていたものの、藤井聡太の出現によって状況が一変。今から読み始めると、ある程度リアリティのあるドラマとして受容できるかもしれない（女子小学生の弟子入りや内弟子として一つ屋根の下で同居することは置いておいて）？

088

ファンタジー

ゴブリンスレイヤー

著：蝸牛《かぎゅう》くも
イラスト：神奈月昇《かんなずきのぼる》（本編）、足立慎吾《あだちしんご》（イヤーワン）、lack（鍔鳴の太刀）

2016年2月～
SBクリエイティブ〈GA文庫〉〈GAノベル〉
既刊16巻＋外伝7巻

STORY

女神官は、冒険者になって初めて組んだパーティーでゴブリンに襲われた少女を救うべく、森の洞窟を訪れていた。モンスター界最弱と謳われるゴブリンであったが、彼らの罠は狡猾。女神官たちのパーティーは罠に引っかかり、窮地に陥ってしまう。そこへ救いの手を差し伸べたのは、全身を鎧で覆ったゴブリンスレイヤーと呼ばれる男であった。なんでも彼はゴブリン討伐だけで序列三位となるクラス・銀等級にまで登り詰めた稀有な存在。彼は手段を選ばず、手間も惜しまず、そして他のモンスターにほぼ目をくれることもなくゴブリンだけを淡々と退治し続けていた。そんなゴブリンスレイヤーの活躍もあって、女神官は無事に生還することができた。

その日から、女神官はゴブリンスレイヤーと行動を共にするようになっていく。とはいえ、ゴブリンを退治するためならどんな行動もしてしまうゴブリンスレイヤーに女神官は振り回される一方。しかしある日、そんな彼のもとへ妖精弓手や鉱人道士、蜥蜴僧侶が訪ねてきて……。

登場人物

ゴブリンスレイヤー
ゴブリンの討伐だけをしている冒険者。

女神官《おんなしんかん》
心優しい女の子。
ゴブリンスレイヤーの突飛な行動に振り回されていく。
駆け出しの神官。

妖精弓手《エルフ》
ゴブリンスレイヤーと冒険を共にするハイエルフ。
好奇心が旺盛な弓使い。

牛飼娘《うしかいむすめ》
ゴブリンスレイヤーの幼なじみ。
彼が初恋相手。

作品解説

やる夫スレ出身の壮絶なダークファンタジー

本作は、２０１２年からネット掲示板「2ちゃんねる」（現・5ちゃんねる）上にて掲載された「やる夫スレ」が初出。「やる夫スレ」とはアスキーアートのキャラクターとともに描かれる小説の表現方法の一つ。そこに掲載されていた作品を小説としてリライトしたのが、本作『ゴブリンスレイヤー』だ。本作の舞台となる世界では、ゴブリンは一匹では弱いものの群れると脅威になるという存在。雑魚モンスターではあるために倒しても名声は得られず、熟練冒険者は討伐依頼を請けることがないものの、新米冒険者からすると群れを倒すのは一苦労という厄介な立ち位置にいる。そんなモンスターを果敢に倒すゴブリンスレイヤーの容赦のない戦い方が楽しい作品だ（ちなみに、キャラクター名＝ジョブ名なのは氏曰く『ダンジョンズ＆ドラゴンズ』をはじめとしたTRPGの影響とのこと）。

そんな本作で押さえておきたいのは、とにかく冒頭から容赦のないグロ描写が連続すること。女神官が所属するパーティーの新米戦士はゴブリンによって虐殺。同じくパーティーに所属していた新米魔法使いの女性は拉致監禁の上凌辱される始末。女神官はパーティーの仲間がそうなった様子を目撃した上でゴブリンスレイヤーに付いていくのだからどれだけ肝が据わっているのか……。だからこそ、こんなことが起こり得る社会で、決して油断せず様々な技巧や知識を駆使して戦っていくゴブリンスレイヤーの姿が輝くのだが。そんな彼のシビアさとバトルに引き込まれる、異色のダークファンタジーである。

089

学園ラブコメ

弱キャラ友崎くん

著：屋久《やく》ユウキ

イラスト：フライ

2016年5月～
小学館〈ガガガ文庫〉
既刊13巻（長編11巻／短編集2巻）

STORY

nanashiというハンドルネームで格闘ゲーム『アタックファミリーズ』の上位ランキング日本一位をキープし続ける高校生・友崎文也。陰キャで冴えない彼は、人生はクソゲーだと言い張り、神ゲーである『アタックファミリーズ』の腕を磨き続ける日々を送っていた。そんなある日、文也は『アタックファミリーズ』で日本二位をキープしているNO NAMEというプレイヤーと初対戦する。その戦いの後、NO NAMEから誘われてオフ会に向かうと、なんと現れたのはクラスメイトの日南葵だった。日南といえば、クラスの中心人物で文也と対極的な存在。お互いの素を知っているとはいえ、ほぼ話したことがない状態だったものの、日南は文也に対してクラスでは見せない暴言を吐いていくのであった。そんな日南に対して文也は反論。人生にはキャラ差が存在すると自論を展開するが、日南は自分こそ表情や姿勢を日頃から操った結果生まれた存在であると説く。そこで日南は文也に対して、人生というゲームに真剣に向き合うよう命令。陰キャを脱するためのプロデュースが始まっていく。

登場人物

友崎《ともざき》文也《ふみや》
陰キャ男子。
ゲームが得意。
日南にプロデュースされ、
徐々にクラスの人気者に。

日南《ひなみ》葵《あおい》
クラスの中心人物。
文武両道。
ゲームも得意。
誰よりも努力と結果を重んじる。

七海《ななみ》みなみ
好奇心旺盛なムードメーカー。
あだ名は「みみみ」。
誰にでも気さくに接する。

菊池《きくち》風香《ふうか》
本が大好きな女の子。
引っ込み思案で、物静かな性格。
小説を書いている。

作品解説

脱・陰キャ！　青春プロデュース啓発コメディ

　本作の特徴は、空気を読んでいかに自己を変容させていくか、というところにある。空気を読むという点では『僕は友達が少ない』や『やはり俺の青春ラブコメはまちがっている。』と同様だが、ここで中心となるのがクラスの中心人物による主人公へのプロデュースである。

　クラスの中心人物が陰キャをプロデュースして人気者にしていくという展開は、ゼロ年代にヒットした連続ドラマ『野ブタ。をプロデュース』と類似している。しかし本作は、『野ブタ。をプロデュース』の構造に加えて、いかに文也自身の個性をクラスのトップ集団に馴染ませていくのか、そしてカースト上位の行動をいかにフィードバックするか、という2010年代の空気の読み方を巧みに映し取った点が秀でているのだ。

『野ブタ。をプロデュース』の放送当時はまだ、ゲーマー（オタク）であることは即ちスクールカースト下位になり得るマイナス要素であった。しかし現代では、ゲームに強いことは一個性として公言できる要素となった。その点を巧みに織り交ぜつつ、ライトノベル読者が感情移入しやすいキャラクター造形の文也が人気者の仲間入りを果たし、彼女を作り、人気者から恋心を寄せられるという展開を描いていく。そんな胸キュン要素がたまらなく面白いのだ。

　本作の著者・屋久ユウキは自身が脚本を務めたアニメ『夜のクラゲは泳げない』でも現代の少女の悩みを巧みに映し取っている。ノベライズも全3巻で刊行されており、こちらも併せてオススメしたい。

090

SF

86 —エイティシックス—

著：安里《あさと》アサト
イラスト：しらび
メカニックデザイン：I-IV

2017年2月～
KADOKAWA〈電撃文庫〉
既刊15巻（長編13巻／短編集2巻）

STORY

サンマグノリア共和国では、隣国・ギアーデ帝国が投入した無人兵器・レギオンによる侵攻に対し、同様の無人兵器・ジャガーノートで対抗。無人機同士による死者のない戦争を繰り広げていた。

……というのは表向きの話。その実態はまるで異なっていた。ジャガーノートは多数派である白系種（アルビ）以外を人間とは見なさない差別思想から生まれた有人搭乗機で、パイロットたち少数派は共和国85行政区の外へと追いやられていたのである。その外側にある86区では人権を剥奪された有色種（コロラータ）が、絶死の戦場に送り込まれる日常が繰り広げられていた。

そんな中、差別政策の撤廃を目指す士官のヴラディレーナ・ミリーゼは、86区に所属する部隊の管制を任される。そこでエイティシックスの惨状を目の当たりにしたレーナは、最前線で戦うスピアヘッド戦隊の隊長、シンエイ・ノウゼンと無線越しに言葉を交わして……。シンからすれば、またいつものように交代してきたハンドラーの少女。この二人の邂逅が運命を打ち破ることになるとは、まだ誰も知らない。

登場人物

ヴラディレーナ・ミリーゼ
共和国軍のエリート。
エイティシックスの面々を人として扱う。

シンエイ・ノウゼン
スピアヘッド戦隊のリーダー。
ジャガーノートの操縦が巧み。

フレデリカ・ローゼンフォルト
ギアーデ帝国最後の女帝。
十歳ながら老成した口調で話す。

作品解説

人種差別問題を巧みに描いたロボットSF

ＳＦは現代社会の問題を映し出す鏡のようなジャンルでもある。時系列が近未来でも同じで、どこか私たちが問題意識を抱えている事柄をエンターテインメントの裏側に置き、楽しむと同時に問題意識を抱くように作られた作品が多数紡がれている（ライトノベルに限らず）。筆者としては、本作もその一作。ミリタリーものボーイミーツガールとしても良作なのはもちろんなのだが、人種差別や少年兵など現代社会でも問題となっている事柄をエンターテインメントとして昇華していることが本作の見どころなのだ。

そもそも本作は、過酷な戦場に赴き、自らの誇りを守らんとする少年少女の姿が凛々しいミリタリーＳＦ。凄惨な末期戦といった状況下で、現実に起こり得るさまざまな問題を扱いながら、レーナとシンが生きていく姿を描いていく。重厚な本作の雰囲気によって、読み進めているとどうしようもない悲しみに心をかき乱されるかもしれない。それでも、ジャガーノートに乗って戦うことを諦めず、唯一の誇りとしたエイティシックスの面々の生き様は儚くも美しい。戦うこと以外の誇りを奪われ、アイデンティティも無くした彼らがどう戦っていくのか。そして蹂躙していた側に立っているレーナと出会ったとき、どのようなやり取りが起きるのか？　その一つの答えとなる第２・３巻『ラン・スルー・ザ・バトルフロント』上下巻は涙なしには読み進められない珠玉のエピソードだ。彼らが求め、願い、祈り続けた先の終着点をぜひ見届けてほしい。

091

異世界

異世界のんびり農家

著：内藤《ないとう》騎《き》之介《のすけ》

イラスト：やすも

2017年10月～
KADOKAWA
既刊18巻

STORY

ブラック企業に就職したばかりに、身体を酷使し過ぎてしまい病気になってしまった街尾火楽。闘病生活の果てに、彼は39歳の若さで命を落としてしまう。しかし、まだ若くして亡くなった彼を天は見放していなかった。火楽は神様と出会い、「病気にならない身体」での転移を約束される。加えて、人間関係で苦労したために「人が少ない場所での生活」、闘病生活中に夢見ていた「農業を営む」という夢も併せてリクエスト。火楽は異世界に転移し、念願だった農業を始める。

しかし、神様が彼を転移させた場所は、人が少ないのではなく、全くいない森の中。強力な魔物が跋扈する過酷な環境の「死の森」であった。そんな場所でも火楽は前世で得た知識と、神様からもらった万能農具を駆使して森を切り拓いていく。やがてインフェルノウルフのクロとユキやデーモンスパイダーのザブトンを仲間にして土地を開墾していくと、火楽のもとへ一人の女の子がやってきた。その女の子、ルールーシー＝ルーはなんと吸血鬼。宿敵に追われ、火楽の拓いた土地に迷い込んだと言い……。

登場人物

街尾火楽《まちおひらく》
現代日本から転移してきた青年。
万能農具と健康な肉体を使って、
農村を作っていく。

ルールーシー＝ルー
吸血鬼。
身体のサイズを自由に変化できる。
魔法が得意。

ティア
ゴーレムを使役する魔法が得意な天使族。
ルーのことを追って、火楽のもとへ。

作品解説

異世界でスローライフを送る転移者の物語

現代日本での労働は過酷である。仕事に次ぐ仕事。休みはない。インターネットの普及によってスピードは増したものの、仕事量が減るわけでもなし……。そこで異世界転生・転移ものに目を移そう。異世界に転生・転移するメリットとして、中世風の世界であれば現代日本の知識を持っていくだけでも一般人が無双することが可能である。さらにチート能力まで手に入れれば最強。魔王を蹴散らすことはもちろん、カッコいいからとヒロインからモテることまで有り得るのだ。とはいえ、現代でこんなに頑張ったというのにまた異世界でも働くのかと言われれば……答えはノー。チート能力や現代知識での無双はするけれど、異世界で自由きままな生活が送りたい！　そんな感情の発露が、異世界を舞台としたスローライフ系作品となって現れた。

数ある同ジャンル作品の中でも特に傑作なのが本作『異世界のんびり農家』。タイトルにもある通り、異世界でのんびりと農家を営もうとしたものの、いつの間にか主人公が切り拓いた土地は町に発展。住民も集まり、火楽はハーレム状態にもなっていく（子どもも生まれてしまう）。およそスローライフとはいえないものの、のんびりと優しい雰囲気に包まれた生活が繰り広げられていき……。シリアスな展開もなくはないが、それよりもゆるい生活！　そこに軸が置かれた物語は、読んでいてもストレスがなくて楽しいのだ。

他の異世界スローライフものでは、錬金王『転生して田舎でスローライフを送りたい』もオススメだ。

092

人間ドラマ

ひげを剃る。そして女子高生を拾う。

著：しめさば
イラスト：ぶーた、足立《あだち》いまる（第4巻）

2018年2月～2023年9月
KADOKAWA〈角川スニーカー文庫〉
全9巻（長編8巻／短編集1巻）

STORY

サラリーマンの吉田は、入社以来五年間も片思いを続けていた上司の後藤愛依梨に告白する。しかし、結果は玉砕。恋人がいると言われてしまう。友人とヤケ酒をして酔っ払いながら帰った道すがら、吉田は電柱の影にうずくまる女子高生を発見する。彼女に声をかけると、なんと返ってきた言葉は「ヤらせてあげるから泊めて」という捨て身の提案だった。すぐに拒否をするものの、夜中に道端で座っている彼女のことを放っておけるはずがない。吉田は翌日には追い出すつもりで、彼女を家へと泊めるのだった。そして眠りに落ちる瞬間、「味噌汁がのみたい」と呟く。その言葉を耳にしていた彼女は、翌朝律儀に味噌汁を作って吉田の目覚めを待っていた。彼女に詳しく話を聞くと、なんと北海道から家出してきたのだという。名前は沙優。これまでの道中は吉田を誘ったように、身体を売って居場所を提供してもらっていたのだ。その歪んだ倫理観、価値観に衝撃を受けた吉田は、沙優に家事をさせる代わりに寝床を提供することを決意する。不道徳ではあるが家族のように温かい二人の関係性の行方は？

登場人物

吉田《よしだ》
サラリーマン。
長年、先輩の後藤に想いを寄せていた（が、振られた）。
沙優と同居し始める。

荻原沙優《おぎわらさゆ》
北海道から家出してきた女子高生。
身体を使って大人たちに接してきたため、倫理観が欠如している。

後藤愛依梨《ごとうあいり》
吉田の先輩。
巨乳。
吉田のことが好きではあるが、告白を断ってしまった。

三島柚葉《みしまゆずは》
吉田の後輩（彼に仕事を教えてもらっている）。
趣味は映画鑑賞。
吉田のことが大好き。

作品解説

互いに自分のことを見つめ直す擬似家族もの

ライトノベルの読者層がどんどん広がっていくにつれて、大人が主人公の物語も次々と刊行されるようになっていった。その一例といえば、大人が転生して人生をやり直す異世界もの。それと同時に、現代日本を舞台とした大人主人公の作品も生まれ始めた。例えば２０１６年に刊行された裕時悠示『29とＪＫ』もその一作だろう。そこからさがら総『教え子に脅迫されるのは犯罪ですか？』など、社会人と高校生の結びつきを描いた作品が急増。その文脈を汲みつつ、小説投稿サイト「カクヨム」にて発表された本作『ひげを剃る。そして女子高生を拾う。』は、身体を差し出すことで自己肯定感を高めてきた少女が、はじめて無条件な優しさに触れて前を向いていく姿を描いたヒューマンドラマとして話題を呼んだ。

本作の特徴は、およそ都合の良い展開（えっちなことをしてもいいと言ってくる女子高生が目の前にいる、同居を始める）からスタートするものの、決してライトノベルらしいポップな方向へは向かわないこと。何事にもシビアに、正しく立ち向かっていく吉田の目線を通して、沙優の更生が描かれていく。その一方で、未成年者誘拐の罪に問われかねないことを吉田がやっていることも事実。その二律背反を通して、何が正しくて何が悪いのかを問う作品にもなっているのだ。

そんな本作の軸が光るのは本編ラストとなる第5巻での吉田の選択。そこから『Another side story』と題した後日談を読むと、人間の複雑な感情の揺らぎと、吉田の恋路の行方を目にすることができるはずだ。

093

ファンタジー

七つの魔剣が支配する

著：宇《う》野《の》朴《ぼく》人《と》

イラスト：ミユキルリア

2018年9月～
KADOKAWA〈電撃文庫〉
既刊13巻＋外伝1巻

STORY

名門校であるキンバリー魔法学校に新入生がやって来た。希望に胸を躍らせるのも束の間、入学式でトロールが暴走する事件が発生。この事件をきっかけに、オリバー＝ホーン、ナナオ＝ヒビヤ、カティ＝アールト、ミシェーラ＝マクファーレン、ガイ＝グリーンウッド、ピート＝レストンは行動を共にすることとなる。キンバリー魔法学校には様々な脅威が存在。気まぐれに生徒を飲み込む地下迷宮に、怪物じみた上級生たち、亜人種の人権をめぐる派閥の対立……。そんな魔境を生き抜く最中、オリバーは腰に日本刀を携えたサムライ少女、ナナオと縁を結ぶ。ナナオはオリバーを真剣でどちらかが死ぬまで斬り合いたいほどの好敵手と感じるが、死に急いでいる彼女をオリバーは制止。その出来事からタッグを組むようになった。

一方その頃、先輩の助けを得たカティがトロールを救出。カティはトロールに対して人語を話させるようにコミュニケーションを取り始める。しかし、その研究に着目した先輩がカティで人体実験を行おうとして……。オリバーとナナオは阻止に動く。

登場人物

オリバー＝ホーン
魔法家庭出身の穏やかな少年。
とある目的のためにキンバリーに入学した。

ナナオ＝ヒビヤ
日の国《やまつくに》出身のサムライ少女。
武人としての精神を心に秘め、戦う。

ミシェーラ＝マクファーレン
旧家出身の少女。
自信に満ちているリーダー的存在。
友人に対しては
惜しみない友愛を持って接する。

作品解説

学園生活を通して描かれる友情と修羅の道

　壮大な世界観とバトルが魅力の戦記ファンタジー『ねじ巻き精霊戦記 天鏡のアルデラミン』。「このライトノベルがすごい！」２０１４年版で第２位を獲得するほど人気を博した作品だったが、その完結後に著者・宇野朴人が刊行したのが本作『七つの魔剣が支配する』である。「このライトノベルがすごい！」２０２０年版で文庫部門第１位を獲得した本作は、ジャンルはやはりファンタジーであるが、テイストはＪ・Ｋ・ローリングの『ハリー・ポッター』。魔法学校を舞台に、少年少女たちの成長を描いていく、剣と魔法を用いたダークファンタジーだ。

　本作でまず魅力的なのは、学校という場だからこその人間関係。十人十色な個性を持った新入生に、一癖も二癖もある先輩たち。そこに教師と不思議なフィールド（キンバリー魔法学校）まで揃ってしまえば、もう何が繰り広げられるのかは想像もつかない。それぞれの想いを秘めて、オリバーたちが力を合わせて危機を乗り越えていく様子に思わず胸を打たれる。

　そして陰謀と因縁によって、ただ直向きに突き進んでいくわけにもいかないという点が、本作をただのファンタジーではなくダークファンタジーたらしめる理由。オリバーは母から受け継いだ第四の魔剣を駆使して、学園内にいる残り数人に対して母の仇を討とうとする。世界には魔剣が６つしか存在しないはずなのに、ナナオは７つ目の魔剣を無自覚に使い出す。友情と努力だけでは乗り切れない、そんな展開に思わず「え!?」と驚嘆の声を漏らしてしまうはずだ（しかもそんな展開が何回も続くのだ）。

094

異世界

魔導具師ダリヤは うつむかない ～今日から自由な職人ライフ～

著：甘岸久弥《あまぎしひさや》

イラスト：景《けい》（第8巻まで）、雨壱絵穹《あまいちえそ》（第9巻、外伝）、駒田《こまだ》ハチ（第10巻）、縞《しま》（短編集）

2018年10月～
KADOKAWA〈MFブックス〉
既刊11巻（長編11巻／短編集1巻）＋外伝3巻

STORY

オルディネ王国の都に住んでいる転生者にして魔導具師のダリヤ・ロセッティは突如、トビアス・オルランドから婚約破棄される。トビアスは亡き父の兄弟子で、二年間も婚約していた存在だったが、目覚め、新たな恋人を既に作っているという。結婚予定日の前日に起きたまさかの事態に愕然とするものの、周囲の人物の助けもあって無事にトビアスとの関係を解消。これまでトビアスに禁止されていたことを楽しみ、自由に自分らしく生きていくことを決意する。

そうして、魔導具師として独り立ちし、ロセッティ商会の代表となったダリヤは、前世の記憶を頼りに様々な生活の役に立つものを開発していく。だがある日、その素材収集のために訪れた森でダリヤは負傷した男性兵と邂逅。見知らぬ人物を男であると偽りながら助けると、その兵士は恩返しのために都を訪れるのだった。彼は王国騎士団の魔物討伐部隊に所属するヴォルフレード・スカルファロット。ダリヤと再会してからは意気投合し、二人は友人関係を築いていく。

登場人物

ダリヤ・ロセッティ
現代日本から転生してきた女性。婚約破棄され、魔導具師として奮闘中。

ヴォルフレード・スカルファロット
伯爵家の四男にして、魔物討伐部隊の騎士。ダリヤの友人。

作品解説

婚約破棄から始まる自由気ままに生きる女性の物語

『乙女ゲームの破滅フラグしかない悪役令嬢に転生してしまった…』をはじめとした悪役令嬢ものから分岐するように、婚約破棄ものというジャンルが「小説家になろう」に端を発して生まれている。つまりこれは、主人公に対して婚約者が何らかの理由で婚約破棄を言い渡したことで自由になった主人公が平穏な暮らしを送るか、前世の記憶を頼りに悪役令嬢としての運命を回避するため行動を起こす作品群。そのうち本作は、前者の代表的作品。悪役令嬢ものではないのだが、自由に逞しく生きる女性主人公・ダリヤの姿が描かれている。本作の発端は婚約者がいきなり別の女性と付き合ってしまったこと。そこから一気にダリヤは魔導具師として奮闘する方向へ直走っていく。婚約破棄されたばかりなので恋愛は当分いらない。前世の記憶を頼りに、魔導具を開発する方が楽しい！　けれどヴォルフのようなよき理解者と話をするのも楽しい！　そんな張り合いのある職人生活を送っていく様子が楽しい作品だ。婚約者に縛られることもなく生き生きとするダリヤは、徐々に持ち前の才能や性格の良さによって社会でも成功を収めていく。その過程に惚れ込むこと間違いない！　様々なキャラクターの目線で描かれるショートエピソードもよりダリヤへ感情移入ができるようになっていて楽しい。

ダリヤの友人である服飾師、ルチア・ファーノを主人公にしたスピンオフ『服飾師ルチアはあきらめない～今日から始める幸服計画～』も刊行中。併せて読むことで世界観の理解が深まるはずだ。

095

異世界

陰の実力者になりたくて！

著：逢沢大介《あいざわだいすけ》
イラスト：東西《とうざい》

2018年11月～
KADOKAWA
既刊6巻

STORY

物心がついた頃から、ヒーローでもヴィランでもない、陰の実力者に憧れていた少年・影野実。学校では目立たないように過ごしながら、いつか最強の陰の実力者になるべく修行を積んでいた。しかし、高校三年生の夏休み、トラックに轢かれて死亡してしまう。

目が覚めると、そこは魔法が存在する異世界。男爵家の息子であるシド・カゲノーとして転生した実は、前世と同じように陰の実力者を目指してさまざまな特訓を始める。魔力を試してみたり、肉体を鍛えたり。実力を隠しつつ裏で訓練を続けていたところ、十歳になったシドはある日、盗賊団を討伐する。そしてその盗賊団が持ち込んだ悪魔憑きの肉塊に魔力を施したところ、エルフの美少女に変化！　アルファと名付けられた美少女に自身の行動理由として、脳内設定として存在していた魔神・ディアボロスとその復活を企むディアボロス教団の名前を出す。ところが、シドが語った話はただの妄想ではなく、その世界には実在するもの。シドは事態を把握しないまま、大いなる陰謀の渦に飲み込まれていく。

登場人物

シド・カゲノー／シャドウ
現代日本から異世界に転生した少年。
男爵家の第二子に生まれ、
影の実力者を目指して力を求める。

アレクシア・ミドガル
学園の高嶺の花と呼ばれている王女。
シドに対しては素で罵詈雑言を浴びせる。
まっすぐな性格。

アルファ
シャドウが組織したシャドウガーデンの
最初のメンバー。
金髪で青い瞳のエルフ。

ベータ
シャドウガーデン「七陰」第二席。
シャドウに心酔している白銀の髪のエルフ。

作品解説

中二病設定が実存するという勘違いもの

現実世界では残念ながら左の手に龍が宿ることもないし、大いなる陰謀に首を突っ込むこともほぼない。中二病的設定はとても楽しいものの、それを実際に味わうことはできない。そう心の片隅では思っていても、設定をどんどん広げてしまうのが思春期というもの。本作の主人公もその一人で、陰の実力者というヒーローを助けるポジションに憧れ、あらゆる格闘技や武道を身につけたり、滝に打たれて加持祈祷をしたりしていた少年。そんな男の子がいわゆる剣と魔法のファンタジー世界に転生したならば、陰の実力者ムーブをはじめるのも必至だろう。そして異世界でもさらに才能を磨き、ごっこ遊びの感覚で秘密結社・シャドウガーデンを設立するのだった……というのが本作のイントロ。

本作で特に面白いのは、シド目線では「中二病の設定をよくヒロインたちは遵守してくれているな」という半ば自嘲的なものなのだが、ヒロインたちからしたら「幼い頃からディアボロス教団の脅威に気付いていたシャドウ様（シド）のためなら！」と信奉しているすれ違い構図。陰の実力者ムーブに勘違いしていくヒロインたちのシリアスっぷりが楽しい。そして本当に世界の陰謀と対峙していくのだから、シドの思惑と本当に世界で起きている重大事項のギャップがたまらなくなるのだ。読者目線としてはシドの心境とヒロインたちの思惑が並行して読めるので、メタフィクションとしてクスリと笑えるはず。そんな勘違いものを世に広めた異世界ファンタジーが本作なのである。

096

学園ラブコメ

お隣の天使様に いつの間にか 駄目人間にされていた件

著：佐伯《さえき》さん

イラスト：和武《かずたけ》はざの（第1巻）、はねこと

2019年6月～
SBクリエイティブ〈GA文庫〉
既刊12巻（長編10巻／短編集2巻）

STORY

高校一年生の秋。藤宮周は帰り道、雨に濡れたままブランコに座り込んでいたクラスメイトの椎名真昼を公園で目撃する。真昼といえば、天使様の異名を持つほど完璧な美少女にして、周の住むアパートの部屋の隣人。そんな彼女がなぜと疑問を抱きながら、周は傘を押し付けるのだった。その翌日、日頃の不摂生が祟って周は風邪をひいてしまうのだが、それを自分に傘を渡して雨の中を走ったからだと感じた真昼は看病を申し出る。しかし、真昼は踏み入れた部屋があまりにも汚いこと、そして周が不摂生な食生活をしていることに愕然としてしまう。そこからというもの、彼の姿を見かねて真昼は掃除の手伝いやおかずの差し入れをしていくことに。ただある日、ひょんなことから二人の関係がクラスメイトの白河千歳と門脇優太にバレてしまうのだった。

他人に興味を持たない真昼が唯一、素でいられる相手となっていく周。好意に甘えるうちに、周も真昼への想いが変わっていって……。素直になれない二人だが、徐々にその距離は縮まっていく。

登場人物

藤宮《ふじみや》周《あまね》
人付き合いが苦手な高校生。
家事が苦手で自堕落な生活を送っていた。

椎名《しいな》真昼《まひる》
学内で天使様と呼ばれている少女。
面倒見がよく、
周の部屋によく出入りするようになる。

赤澤《あかざわ》樹《いつき》
周の友人。
チャラそうだが、恋人である千歳一筋。
惚気話をよくしている。

白河《しらかわ》千歳《ちとせ》
樹の恋人。
活発で人懐っこいムードメーカー。
よく周のことを揶揄っている。

作品解説

ヒロインの内面と家族問題に迫るラブコメ

ここまで多くのラブコメを紹介してきたが、ヒロインの造形というのは時代の流れと大きく関わっている。例えば1990年代は勝気な性格のヒロインが、2000年代にはツンデレヒロインが登場。一口にお嬢さまといっても、ただ守られているだけだった役柄からどんどんお転婆になっていき、自ら幸せを掴むような物語が展開されるようになっていく。その変遷を考えたとき、本作『お隣の天使様にいつの間にか駄目人間にされていた件』はどうだろうか。深層の令嬢のようなヒロイン造形ではあるものの、素はもっとフラット。そのギャップのかわいさと、天使様とまで謳われるヒロインと胸キュン展開を織りなす主人公への羨ましさ、素でいられる居場所を作りながら惹かれていく共犯関係という複数の要素を展開し、2010年代のライトノベル読者の心を掴んだのだ。

一見すると、アパートの隣室に住んでいるヒロインとの半同棲生活が繰り広げられる（果てにはダメ人間にされるほどに絆されるわけだが）甘酸っぱいラブコメなのだが、巻数を経るごとに明かされる真昼の家庭環境はハードの一言。周は彼女の人格を形成した理由に対峙しつつ、一つずつ問題を解決し、二人の距離感を近づけていく。そのやり取りが焦れったくてたまらない！

そんな作品だけに、「このライトノベルがすごい！」2024年版文庫部門で第1位&キャラクター部門も第2位を獲得したのも納得の一言。アニメシリーズも人気で、第2期の制作が予定されている。

097

人間ドラマ

千歳くんはラムネ瓶のなか

著：裕夢《ひろむ》

イラスト：raemz

2019年6月～
小学館〈ガガガ文庫〉
既刊10巻（長編9巻／短編集1巻）

STORY

福井県の進学校に通う二年生の千歳朔は、スクールカーストトップに君臨する超絶リア充。学校の裏サイトで叩かれながらも強烈なオーラで周囲を圧倒している美少女・柊夕胡や、努力して現在の立場（カースト）を手に入れた少女・内田優空、女子バスケット部で部長を務める活発な青海陽、陽と同じく女子バスケット部に所属していてその外見の良さから男子人気も高い七瀬悠月らとともに青春を謳歌していた。いつしか一同は「チーム千歳」と呼ばれるようになっていく。

ある日、千歳は担任教師から引きこもりになっているクラスメイトの更生を頼まれる。その男子生徒・山崎健太は、とある事情によって不登校になっていたものの、千歳たちのサポートもあって徐々に陰キャから脱皮。無事登校できるようになった。

しかし千歳の周囲の波乱は止まらない。なんと七瀬からいきなり千歳が告白を受けたから……！　といっても、実際に七瀬が千歳のことを好きというわけではなく、ストーカー対策のため偽彼氏になってほしいということで……？

千歳朔《ちとせさく》
なんでもできるクラスの中心人物。
陰では「ヤリチンクソ野郎」と呼ばれている。

柊《ひいらぎ》　夕湖《ゆうこ》
誰に対しても裏表なく接する天然女子。
朔のことが大好き。

青海陽《あおみはる》
スポーツが得意な女の子。
食べるのも大好き。
髪を下ろすと色気を発揮する。

七瀬悠月《ななせゆづき》
陽と仲の良いバスケ部所属の
クール系の少女。
朔のことが大好き。

西野明日風《にしのあすか》
本のことが大好きな先輩。
朔にとって憧れの先輩。
朔のことが大好き。

作品解説

リア充の立場から描く、新たな青春グラフィティ

ライトノベル読者はアニメやマンガ好き＝オタクが多いわけで、歴史的に見るとオタク＝スクールカースト下位と自動的に認識される時代があったり、感情移入のしやすさから青春ラブコメの主人公も自然とその立場になったりすることが多かった。平凡な主人公がお嬢さまや可憐なヒロインを射止めていくお話、そこが読者の欲していた物語だったのだ。しかし、時代も移り変わり、オタクであろうと頑張り次第でスクールカースト上位になれるようになっていく。その変化を描いたものが『弱キャラ友崎くん』で、さらに先を描いたものが本作『千歳くんはラムネ瓶のなか』となる。

なんと主人公はスクールカーストの頂点であるリア充。ヒロインもリア充なのだ。そのような状態から、等身大の高校生の悩みを一つずつ深掘りしていく。ただ、リア充といっても千歳朔だって高校二年生。まだまだ子どもなので、完璧超人というわけでもない。身の回りの問題に悩む中で少しずつ成長していく。その姿にも胸が躍りつつ、これまでのライトノベルではあまり見られなかった視点で思春期ならではの叫びが紡がれていることが本作の魅力なのだ。もちろんヒロインとの恋模様もあるものの、主軸は青春の叫び。リアルな高校生の姿が味わえる珠玉の青春グラフィティだ。

そんな本作は「このライトノベルがすごい！」にて２０２１年版から二年連続で第１位を獲得。アニメ化されていない状態にも関わらず、舞台となる福井県ではイベントが企画されるほどの人気作となった。

098

百合

わたしが恋人に なれるわけないじゃん、 ムリムリ! (※ムリじゃなかった!?)

著:みかみてれん

イラスト:竹嶋《たけしま》えく

2020年2月〜

集英社〈ダッシュエックス文庫〉

既刊6巻

わたしが
恋人に
なれるわけないじゃん、
ムリムリ!
(※ムリじゃなかった!?)
みかみてれん
竹嶋えく

STORY

中学時代に不登校気味だった陰キャの少女・甘織れな子は、高校デビューを決意。妹の助けも借りて、入学式の日に声を掛けられたクラスメイトの王塚真唯をはじめ、れな子の前の席となった瀬名紫陽花、真唯の幼なじみである琴紗月、快活な小柳香穂の四人と仲良くなり、クラスの人気者となっていく。とはいえ、れな子の根が陰キャであることは変わりない。真唯たちのあまりの眩しさに目眩が止まらず、二ヶ月後には精神を疲弊させていた。しかし、休息のために屋上へと逃げ出していると、その様子を投身自殺しようとしているのだと真唯が勘違い。そのまま二人は屋上から落下してしまう。九死に一生を得たれな子は、真唯に悩みを共有。真唯もれな子に悩みを相談するのだった。お互いの気持ちを共有したので、これで親友になれる!

そう思ったのも束の間、翌日れな子は真唯から告白をされてしまうのだった。突然のことに戸惑いながら、れな子は真唯と親友になるべきか、恋人になるべきか悩む。そんな彼女に、真唯はどちらになるべきか勝負をしようと持ちかけて……。

登場人物

甘織《あまおり》れな子《こ》
高校デビューをした陰キャ。根はコミュ障なので、日々心をすり減らしている。

王塚《おうづか》真唯《まい》
グループの中心人物。人呼んでスパダリ。れな子のことが大好き。意外にポンコツな一面も。

瀬名《せな》紫陽花《あじさい》
ほんわかした雰囲気の癒し系。家では小さな弟相手に奮闘するお姉さん。

琴《こと》紗月《さつき》
真唯の幼なじみ。一見無愛想だが、仲が良くなると砕けた一面も垣間見える。

小柳《こやなぎ》香穂《かほ》
ムードメーカーで、真唯のことが大好き。空気を読むのが得意。

作品解説

少女向けヒロイックファンタジーの傑作

　2020年代の百合について触れるとき、みかみてれんの名前は避けて通れないだろう。今現在は各ライトノベルレーベルから百合作品が刊行されることも珍しくないが、2010年代は『安達としまむら』人気こそあったものの、そこまで数は多くなかった。そんな中、同人誌として『女同士とかありえないでしょと言い張る女の子を、百日間で徹底的に落とす百合のお話』(のちにGA文庫から商業書籍化)を筆頭にみかみは百合を書き続け、遂に2020年、商業レーベルでも百合を執筆するチャンスに恵まれる。加えてそれが傑作と来たのだから……!

　話の軸は、陰キャのれな子が高校デビューを果たし、真唯から告白されたところから始まる。陽キャの美少女たちとの恋愛模様が描かれるだけでも百合好きには刺さるが、その中でも魅力的なのがヒロインたちの内面にフォーカスすることによって起こる、様々な問題の解決方法だ。『やはり俺の青春ラブコメはまちがっている。』で描かれていたような、陰キャならではの捨て身の解決法ではないものの、れな子は自分にしかできないやり方で真唯や紫陽花、紗月、香穂が抱える悩みを解決していく。その様子が熱くてたまらないのだが、本作の真骨頂はそれに並行して、タラシのれな子はヒロインたちを惚れさせてしまうこと。自然とれな子ハーレムが広がっていく。その様子が楽しくてならないのだ。

　みかみの百合作品では前述のものに加えて『私のシスター・ラビリンス』もオススメ。『マリア様がみてる』ファンにこそ読んでいただきたい一作だ。

099

学園ラブコメ

時々ボソッと ロシア語でデレる 隣のアーリャさん

著：燦々《さんさん》SUN

イラスト：ももこ

2021年2月～
KADOKAWA〈角川スニーカー文庫〉
既刊11巻（長編9巻／短編集2巻）

STORY

私立征嶺学園に通うアーリャことアリサ・ミハイロヴナ・九条は、ロシア人の父と日本人の母のもとに生まれた容姿端麗文武両道な美少女。性格は厳しく、一年生ながら生徒会会計としてその手腕を振るっていた。そんな彼女の隣の席に座っている久世政近は、とにかくやる気のない男子生徒。深夜アニメをリアルタイムで観ては、授業中に寝落ちしてしまうほどのダメ人間だった。そんな政近にアーリャはいつも怒っていたが、ときおりロシア語でデレる場面もあって……。アーリャはロシア語が政近に気付かれていないと思い込んで、デレている。対して、祖父の影響や幼い頃に遊んだ相手の影響でロシア語を覚えていた政近は、自分に対してデレているアーリャの真意がそのまま伝わっていたのだ。でも、政近はアーリャに言葉が分かるとは言うに言えない状況。必死に堪えるものの、あたかも羞恥プレイのように悶える瞬間が続出していく。そんな中、アーリャは生徒会選挙への出馬を決意。政近とともに挑もうと考えるが、対抗馬として彼の幼なじみである周防有希も出馬すると知り――。

登場人物

久世《くぜ》政近《まさちか》
アーリャの隣の席の男子。
普段はやる気がない劣等生だが、
やるときにはやる秀才。

アリサ・ミハイロヴナ・九条《くじょう》
人呼んで孤高のお姫様。
ロシア人の父と日本人の母を親に持つ。
政近に思いを寄せている。

周防《すおう》有希《ゆき》
政近の実の妹
(両親の離婚によって苗字が異なる)だが、
その事実は学校で伏せている。
ブラコンオタク。

マリヤ・ミハイロブナ・九条《くじょう》
アーリャの姉。
生徒会で書記を務める。
人呼んで学園の聖母《マドンナ》。

作品解説

デレが筒抜け！　新たなツンデレヒロインの誕生

ツンデレヒロインといえば、基本的にはツンツンしたところを好きな相手に見せて、デレデレするのは本当に一瞬。物語が完結に向かう頃、ようやくデレの率が高くなってくるものの、基本的にはムチばかりで飴がない展開が続く。それがツンデレの良さでもあるのだが、とはいえもっとデレたところが見たい！　そんな気持ちに答えてくれるのが、本作『時々ボソッとロシア語でデレる隣のアーリャさん』に登場するアーリャだ。

アーリャはロシア語を使い、好きな相手＝主人公の政近に対して「かわいい」とか「浮気者」のようなデレ、嫉妬を口にする。それはロシア語なので伝わらないだろうと思っているから。でも、政近がロシア語を知っているならば話は変わってくる。いつもツンツンしている孤高のお姫様が、実は自分に対して好意を抱いている。そして素が分かるのは彼女の姉であるマーシャを除けば自分だけ。そんな状態でアーリャをサポートしていくというタッグ感も爽やかで楽しい。

そんな二人は生徒会選挙に向かって奮闘していく。アーリャの前に立ちはだかるのは、政近の幼なじみ――ではなく、実は妹の周防有希。アーリャを含め学校内では秘密にされているため、アーリャからすれば好きな相手と距離が近い恋敵が生徒会選挙でもライバルとなるのだ。

そんなアーリャにとって大変な状況で、政近はどのように立ち回るのか。そして その秘密を知ったとき、アーリャはどうするのか？　これまで味わうことがなかった、新感覚のツンデレヒロインが織りなすラブコメディである。

100

コメディ

VTuberなんだが配信切り忘れたら伝説になってた

著：七斗七《ななとなな》

イラスト：塩《しお》かずのこ

2021年5月〜2025年2月
KADOKAWA〈ファンタジア文庫〉
全10巻

STORY

清楚キャラを演じていたＶＴｕｂｅｒの心音淡雪は、ある日配信を切り忘れて飲酒をしてしまう。その結果、およそいつもの配信では喋らないような言葉をインターネットの大海へと流してしまうのだった。マネージャーに指摘されようやく配信を停止したときには後の祭り。はっちゃけたキャラクターがＳＮＳのトレンド入りを果たし、淡雪の人気が急上昇していく。飲酒後の姿が話題となったことで、淡雪はこれまでのキャラクターと並行してはっちゃけキャラ・シュワちゃんの二刀流で活動を開始。ママ（イラストレーター）で同期の彩ましろとコラボ配信をしてみたり、先輩の宇月聖、神成シオンとオフコラボをしてみたり。その中で淡雪はバブみを感じたり、センシティブな発言をしたりとフリーダムな行動をしていく。その様子を見ていた淡雪憧れの先輩・朝霧晴はなんと彼女をファーストライブのゲストに指名して……!?

淡雪が所属する事務所・ライブオンには頭のネジが飛んだライバーがいっぱい。やがて後輩も生まれる中、淡雪はどんな配信活動をしていくのだろうか？

登場人物

心音《ここね》淡雪《あわゆき》
清楚系VTuber。
お酒が大好き。
素は破天荒なオタク。

彩《いろどり》 ましろ
プロのイラストレーターで
淡雪と同期のVTuber。
彼女の良き理解者。

朝霧《あさぎり》晴《はれる》
淡雪たちの先輩にあたる
ライブオン創設メンバー。
大胆な行動力を持ったカリスマ的存在。

相馬《そうま》有素《ありす》
淡雪に憧れてライブオンに加入した
女子大生。
普段はクールな美少女。

作品解説

VTuber文化をコミカルに描いた怪作

VTuber（バーチャルYouTuber）といえば、2017年末頃から一気に人気となったアバターを用いて配信活動を行う人々のこと。なんらかのキャラクター設定をもとに配信活動を始めるものの、徐々に中の人の特性も入り混じっていき、パーソナリティに寄った内容が多くなっていく傾向にある。現在でもホロライブやにじさんじといった大手事務所のタレントのほか、個人配信者まで多数存在するが、そのムーブメントをいち早く切り取ったのが本作『VTuberなんだが配信切り忘れたら伝説になってた』であった。

本作はキャラクターを遵守して活動をしていた主人公・淡雪が飲酒して配信を切り忘れたことを機に、素の状態でもリスナーやライバーに受け入れられることが判明。他のライバーと交流を深めながら活動をしていく物語である。基本的には実際のVTuber配信切り抜き動画のような面白いポイントを詰め込んだ展開が続き、そこからパーソナルに踏み込んだライバー同士の悩み、関係性の縮め方などシリアスな展開が描かれる。その緩急が絶妙で病みつきになること間違いなしだ。もしVTuber文化に触れていなくても、この作品を読めばもしかしたらその空気感が理解できるかもしれない。

他のVTuberもののライトノベルについても触れておくと、とくめい『アラサーがVTuberになった話。』もオススメ。アンチと戦いながらも、仲間との絆を深めていくアラサー男に思わず涙を流してしまうはずだ。

あとがき

いかがだったでしょうか。この本を機に、まだ見ぬライトノベルとの出会いが生まれてくれたのであれば、これ以上に嬉しいことはありません。

ということで、本書の筆者・太田祥暉と申します。ここからはライトノベルのあとがきらしく、本作の内容というよりも概略のお話をさせてください。

本書のきっかけは、2021年に刊行した同人誌『#ライトノベルオールタイムベスト』でした。当時は250冊を紹介していたのですが、もっと深掘り&アップデートした本を出したい！　そういった想いを持ち続けていたところ、玄光社の藤井さんが興味を持ってくださり、一気に形になることとなりました。

そんな形でスタートした本書は、前出の同人誌をベースにはしているものの全面改稿と相成りました。元々は僕が編集とメインライターを担当しつつも、複数人の執筆で成り立っていたもの。過去に出ている榎本秋さん編著の『ライトノベルデータブック』も複数人執筆ですから、これを単著でやろうという方がバカというものです。タイトルには百冊って書いていますけど、それはシリーズ数なので実質的に千冊くらい読み返すことになるのだ（そして再び購入する本もあったわけで）！

そうして企画通過から一年ほど経過し、ようやく皆さんの手に届く形となりました。いかがだったでしょうか（再放送）。

ここからは謝辞です。

まず、表紙イラストを描いてくださったｋａｐｐｅさん。某アニメの作業真っ只中にも関わらず、お引き受けいただきありがとうございました。とても可愛い女の子が表紙になって、とても嬉しいです。

そして編集の藤井さん。様々なご迷惑をおかけしましたが、無事にこうやってあとがきを書くまでに……え、まだ原稿が足りない？　が、頑張ります。

カバーデザインを務めてくださった仲童舎さん。本文デザインを担当してくださった山内さんもとてもありがとうございました……！

また、本書制作のために助言をしてくださった夏鎖くんやリイエルちゃん、ｍａｙａくん、他数人の友人たち。何冊かお貸しいただけたナカショーくんにも感謝を。同人誌版に引き続きありがとうございました！

身の丈話で恐縮ですが、中学時代に図書室で『キノの旅』と出会ったことがライトノベルとの出会いでした。そこから友人に『バカとテストと召喚獣』を布教され、どんどん読み始めるようになり……そこから十五年ほど経って、このような本を出せるようになるとは。僕がここまで本を読むきっかけをくださった図書室の司書だったＫさん、無事に約束を果たしましたよ！（私信）　この本も、Ｋさんが僕に選書してくれたように、読書への興味の窓口になってくれたらそれ以上の喜びはありません。

あなたに面白いライトノベルとの出会いがありますように！

直近で読んだ『のだ』が面白かったと思いながら　　太田祥暉

参考文献

浅尾典彦・ライトノベル研究会『ライトノベル作家のつくりかた　実践！ライトノベル創作講座』青心社、２００７年
東浩紀『ゲーム的リアリズムの誕生　動物化するポストモダン２』講談社〈講談社現代新書〉、２００７年
飯田一史『ウェブ小説の衝撃　ネット発ヒットコンテンツのしくみ』筑摩書房、２０１６年
石井ぜんじ、太田祥暉、松浦恵介『ライトノベルの新潮流』スタンダーズ、２０２１年
宇野常寛『ゼロ年代の想像力』早川書房〈ハヤカワ文庫ＪＡ〉、２０１１年
榎本秋『ライトノベルデータブック【作家＆シリーズ／少年系】』雑草社、２００５年
榎本秋『ライトノベル文学論』ＮＴＴ出版、２００８年
大橋崇行『ライトノベルは好きですか？　ようこそ！ラノベ研究会』雷鳥社、２０１３年
大橋崇行『ライトノベルから見た少女／少年小説史　現代日本の物語文化を見直すために』笠間書院、２０１４年
大森望・三村美衣『ライトノベル☆めった斬り！』太田出版、２００４年
小黒祐一郎『この人に話を聞きたい アニメプロフェッショナルの仕事 1998-2001』飛鳥新社、２００６年
嵯峨景子、三村美衣、七木香枝『大人だって読みたい！少女小説ガイド』時事通信出版局、２０２０年
嵯峨景子、三村美衣、七木香枝『これからも読みたい！もっと少女小説ガイド』時事通信出版局、２０２４年

佐藤吉之輔『全てがここから始まる 角川グループは何をめざすか』角川書店、２００７年
佐藤辰男『ＫＡＤＯＫＡＷＡのメディアミックス全史 サブカルチャーの創造と発展』ＫＡＤＯＫＡＷＡ、２０２１年
さやわか『一〇年代文化論』星海社〈星海社新書〉、２０１４年
新城カズマ『ライトノベル「超」入門』ソフトバンククリエイティブ〈ソフトバンク新書〉、２００６年
前島賢『セカイ系とは何か』星海社〈星海社文庫〉、２０１４年
三木一馬『面白ければなんでもあり 発行累計６０００万部 とある編集の仕事目録《ライフワーク》』ＫＡＤＯＫＡＷＡ、２０１５年
山中智省『ライトノベル史入門『ドラゴンマガジン』創刊物語 狼煙を上げた先駆者たち』勉誠出版、２０１８年
「このライトノベルがすごい！」２００５年版〜２０２５年版、宝島社、２００４年〜２０２４年
「このＷｅｂ小説がすごい！」宝島社、２０１５年
「別冊オトナアニメ オトナラノベ」洋泉社、２０１１年
「ライトノベル完全読本」Ｖｏｌ・１〜３、日経ＢＰ社、２００４〜２００５年
三村美衣「表現とリアリズムの変遷 ライトノベル25年史」『ＳＦマガジン』２００３年７月号、早川書房、29〜35頁
「ライトノベル読者はバカなのか？」『ダ・ヴィンチ』２００５年９月号、メディアファクトリー、16〜31頁
「ライトノベルは終わったの？」『ダ・ヴィンチ』２００８年４月号、メディアファクトリー、16〜31頁
〈敬称略、順不同〉

太田祥暉

1996年生まれ、静岡県出身。

学生時代にエンタメ系ZINE「PRANK!」を主宰し、2018年に商業ライターデビュー。アニメやライトノベル系メディアで取材・執筆を務める。主な編著に『石浜真史アニメーションワークス』(インプレス)、『僕の心のヤバイやつ TVアニメ公式ガイドブック』(秋田書店)など。共著に『ライトノベルの新潮流』(スタンダーズ)。

カバーイラスト	kappe
表紙デザイン	伸童舎
本文デザイン	山内俊幸(Wimdac Studio)

ライトノベル50年・読んでおきたい100冊

発行日	2025年3月24日　初版発行
著者	太田祥暉
発行人	勝山俊光
編集人	川本　康
編集	藤井貴城
発行所	株式会社 玄光社 〒102-8716 東京都千代田区飯田橋4-1-5 TEL: 03-3263-3515(営業部) FAX: 03-3263-3045 URL: https://www.genkosha.co.jp 問い合わせ: https://entry.genkosha.co.jp/contact/
印刷・製本	株式会社光邦

Printed in Japan　ISBN978-4-7683-3001-2